Leopold Stein

Morgenländische Bilder in abendlandischem Rahmen

Leopold Stein

Morgenländische Bilder in abendlandischem Rahmen

ISBN/EAN: 9783743334731

Hergestellt in Europa, USA, Kanada, Australien, Japan

Cover: Foto ©Andreas Hilbeck / pixelio.de

Manufactured and distributed by brebook publishing software
(www.brebook.com)

Leopold Stein

Morgenländische Bilder in abendlandischem Rahmen

Vorwort des Verfassers.

Der Talmud hat in seiner großen, unermeßlichen Geistes=
arbeit zwei Gebiete angebaut, das der Halacha und
das der Agada; jene ist das Werk seiner zahl=
reichen Lehrer als Gesetzgeber, diese das Werk derselben
Männer als Prediger. Trocken ist das Feld der Gesetz=
gebung; sie bringt uns nur selten eine Blüthe, woran das
Gemüth sich erfreue. Die Poesie flieht vor dem strengen
Blick des talmudischen Gesetzgebers, wenn er mit ernstgefal=
teter Stirne sich anschickt, aus den Worten und Buchstaben
der mosaischen Vorschriften Satzung um Satzung mit
Scharfsinn und Witz zu deuten. Anders die Agada. Ihre
herrlichen Sittensprüche, ihre anmuthigen Parabeln, Gleich=
nisse und fesselnden Erzählungen ziehen sich durch den ganzen
Talmud, unterbrechen die Halacha in angenehmer Ab=
wechselung und setzen sich in den späteren Sammlungen
(Midraschim) in reichster Fülle fort. Dieselben sind durch=
weht vom Hauche ächter Poesie, voll erhabener Weisheit, ge=
müthveredelnder Ethik, und wie die Bibel, nur dem Göttlichen
geweiht, sind sie würdig, neben den Schätzen der heiligen
Schrift, allen Gebildeten als ein kostbares Erbe des Alter=
thums zur Bewahrung übergeben zu werden.

Der Verfaſſer des vorliegenden Buches hat bereits in seinen Zeitſchriften „Volkslehrer" und „Freitagabend", ſowie in verſchiedenen jüd. Jahrbüchern manche Gabe von jenem ſo reichen Felde in deutſcher Bearbeitung dargeboten. Hier tritt derſelbe mit einer größeren, ſorgfältig ausgewählten Sammlung vor die Leſewelt. Manches völlig Neue iſt hier bearbeitet; und dürfen wir ſagen, daß dieſes Neue zu dem Beſten und Schönſten gehört, was die Agada uns bietet.

Insbeſondere glauben wir auf die größeren Sagen = kreiſe, zunächſt von R. Akiba (S. 19—47); „Sodoms Entartung" (S. 120—127) hinweiſen zu dürfen, in denen die talmudiſchen Erzähler viel dichteriſchen Sinn und reiche Erfindungsgabe an den Tag legen, und die ſich den beſten und vortrefflichſten Erzählungen aus der alten Welt eben= bürtig anreihen.

Die Einkleidung, die wir bei der Wiedergabe gewählt, iſt einfach und ſchlicht; ſie beſteht zumeiſt in einer gereimten zweizeiligen Strophe von je vier Füßen, mit vorherrſchendem Dactylus oder Anapäſt; indem wir dahin ſtrebten, daß der Vers ſich leicht und flüſſig bewege und dem Charakter der hiſtoriſchen Sage ſich kleidſam anſchließe. —

Der Inhalt iſt faſt durchweg genau und treu dem Talmud, beziehungsweiſe dem Midraſch entnommen. Objectiv, ohne Polemik und Parteirückſicht, will dieſes Buch ſich als eine harmloſe Volks= und Jugendſchrift an= bieten, und glauben wir daſſelbe dem Leſer zur erbaulichen und belehrenden Lectüre empfehlen zu dürfen.

Frankfurt a. M., im Jahre 1879.

Der Verfaſſer.

Biographische Vorbemerkungen.

Wir zehren alle von den heiligen Idealen unserer Jugend, diese sind das Feuer, welches ein Strahl vom Himmel im Jünglingsherzen entzündet, und das nicht auslöscht durch's ganze Leben. („Der Freitag-Abend" S. 437.)

Diese Worte, mit welchen Leopold Stein die Lebens-skizze eines Amtsbruders im Jahre 1859 einleitete, könnten als Motto dienen für seinen eigenen Lebensgang. Wie er die Erscheinungen und Schöpfungen des menschlichen Geistes-lebens nur nach den hohen Idealen auffaßte, beurtheilte und verwerthete, die sein eigenes wirkungsreiches Leben er-füllten, das zeigt nicht allein seine geistliche Berufsthätigkeit, das zeigen auch seine zahlreichen Schriften als Prediger, noch mehr aber seine von edler Begeisterung und hohem Seelenfluge getragenen Poesien, aus welchen hier nur eine kleine Auswahl erscheint.

Für eine vollständige Biographie Leopold Stein's ist die Zeit noch nicht gekommen, denn noch sind seine Bestre-bungen auf dem theologischen und synagogalen Gebiete zu eng mit den Kämpfen und Bewegungen der Gegenwart verknüpft, um ein unbefangenes Urtheil zu ermöglichen.

Statt einer gewiß wünschenswerthen Biographie sei daher hier nur ein engumrahmtes Lebensbild gegeben:

Leopold Stein wurde am 5. November 1810 zu Burg-preppach, einem Marktflecken der Provinz Unterfranken in Bayern, geboren. Sein Vater, Oberlehrer einer talmudi-schen Lehranstalt dortselbst, wurde 1815 als Rabbiner nach Adelsdorf in Oberfranken berufen. Schon in früher Jugend wurde Stein für das rabbinische Studium von seinen Eltern bestimmt und darin eingeführt, so daß der dreizehnjährige Knabe bei seiner Confirmation bereits im Stande war, eine selbstverfaßte talmudische Abhandlung, deren Thema für die Gelehrten des Ortes vorher bekannt gegeben war, vorzu-tragen. Während er diese frühzeitige Einführung in das jüdische Schriftthum seinem pflichtgetreuen Vater zu ver-danken hatte, besuchte er gleichzeitig die Elementarschule des Ortes und erhielt von dem milden und duldsamen katholi-schen Pfarrer Privatunterricht in der lateinischen Sprache. Nach zurückgelegtem fünfzehnten Lebensjahre kam er auf die damals berühmte rabbinische Hochschule zu Fürth, an deren Spitze der gelehrte Rabbiner Wolf Hamburger stand. Gleich-zeitig lernte Stein hier den ausgezeichneten Gelehrten und Schüler Moses Mendelssohns, A. Wolfsohn kennen, einen ehrwürdigen und leutseligen Greis, dem der junge Talmud-schüler seine ersten poetischen Versuche in deutscher Sprache vorlegte, und in welchen Jener die tief veranlagte dichterische Natur des Jünglings so deutlich erkannte, daß er ihn in Privatstunden in die Elemente der Metrik und Poetik einführte.

In seinem siebzehnten Lebensjahre verließ Stein Fürth und erwarb sich in Erlangen und Bayreuth gründliche Gymnasialkenntnisse, die ihn befähigten, im Jahre 1831 in die Oberklasse des Gymnasiums in Würzburg einzutreten, das er mit dem Zeugniß der Reife für akademische Studien ein Jahr später verließ. Auf der dortigen Universität widmete er sich jetzt den philosophischen Wissenschaften, zu welchen ihn besonders die Vorlesungen des von ihm hoch= verehrten Professors Johann Jakob Wagner anregten. Dabei übte er sich in einem von ihm und einigen Studien= genossen gestifteten Rednerverein in homiletischen Vorträgen. Hier schon zeigte Stein durch mustergiltige Proben, daß er zum Prediger geboren sei. Noch nicht achtzehn Jahre alt, wurde er damit betraut, die neue Synagoge der fränkischen Gemeinde Diedenhofen durch zwei Sabbathpredigten einzu= weihen, welche durch ihren reichen Inhalt und herzgewinnen= den Vortrag die Bewunderung der anwesenden protestanti= schen Geistlichen erregten. Gleicher Anerkennung hatte sich Stein im Herbste 1834 in Frankfurt am Main zu erfreuen, wo er im damaligen israelitischen Betsaale vor einem ge= wählten Publikum zweimal predigte.

In diesem Jahre erschien auch Steins erstes poetisches Werk „Stufengesänge", die in jüdischen Kreisen mit wahrer Begeisterung aufgenommen wurden, insbesondere wegen des darin enthaltenen, nach dem Muster des Herder'schen „Cid" gedichteten Epos „Amnon". Im Frühjahr 1835 wurde er als Rabbiner nach Burg= und Altenkunstadt, zwei gewerb= thätigen Orten in Oberfranken, berufen, deren israelitische Bevölkerung durch ihren gebildeten Kaufmannstand bereits der aufgeklärten Richtung zugeführt war. Hier wirkte Stein besonders auf die religiöse Bildung der Jugend und suchte die Würde der Religion und die warme Anhänglichkeit an die Lehre der Väter durch einen veredelten, gemeinverständlichen Gottesdienst und durch belehrende religiöse Vorträge zu heben. Schon hier zeigte er seine selbständige und selbstbewußte Richtung als Theologe, der nur auf dem Boden der historischen Entwickelung des Judenthums dessen segensreichen Fortbestand und ferneres Gedeihen erkannte. In den alten Stamm neuen Lebenssaft einströmen zu lassen, damit er zu neuem Frühling erblühe und der Menschheit zeige, daß die alten Fruchtkeime noch triebfähig sind und daß das Judenthum kein innerlich vermoderter Baum ist, der nur von einer wettergehärteten Rinde äußerlich zusammengehalten wird, das war der Geist, der in Stein lebte und für welchen er von seiner frühen Jugend an wirkte. Für solche Neubelebung des jüdischen Geistes trat er kühn und unermüdlich ein in seinen Schriften, war er eifrig und unverdrossen, rastlos und unverzagt in seiner Berufsthätigkeit. Als erstes Product dieser Bestrebungen auf dem Gebiete des Synagogencultus veröffentlichte Stein noch in Burgkunstadt sein liturgisches Werk „Chissuk Habbajith", welches er selbst als „Bausteine" für eine Neugestaltung unserer Gebete und gottesdienstlichen Gesänge bezeichnet. Stein liebte es insbesondere aus dem Schatze der vortrefflichsten Synagogenmelodien die schönsten zu wählen und ihnen entsprechende deutsche Texte unterzulegen.

Im Jahre 1839 vermählte sich Stein mit seiner treuen Lebensgefährtin, Eleonore Wertheimer, der Tochter eines wohlhabenden Kaufmannes.

Von seinem ländlichen Rabbinatssitze aus besuchte Stein öfters den gefeierten deutschen Sänger Friedrich Rückert, der dem jungen poetischen Rabbi die herzlichste Theilnahme zuwendete und in seinen Almanachen mehrere schätzbare Gedichte desselben aufnahm. Im Herbste 1844 wurde Stein als Rabbiner und Prediger nach Frankfurt am Main berufen, wo seine begeisterten Kanzelreden durch ihren tiefen Inhalt und reichen Bilderschmuck, wozu sich eine gewählte Diktion und ein glänzendes Rednertalent gesellten, die beifälligste Aufnahme fanden. Die im Jahre 1846 erschienene mustergiltige Predigtsammlung „Koheleth", an welcher sich zahlreiche Rabbiner für das Predigtamt vorgebildet haben, ist ein klassischer Beweis für die hohe und geniale Gewandtheit ihres Verfassers. Neben fast allsabbathlichen Kanzelvorträgen war Steins Bemühung auf den Religionsunterricht der Jugend gerichtet, in welcher er durch die alljährliche Confirmation die treue und opferwillige Anhänglichkeit an den angestammten Väterglauben zu befestigen suchte. Neben unablässiger Arbeit für das Wohl der Gemeinde, die ihm ihre religiöse Leitung anvertraut hatte, war sein Blick zugleich auch auf die Interessen des Gesammtjudenthums gerichtet. Allein trotz seiner weit umfassenden Thätigkeit in seinem geistlichen Amte und seinen specifisch theologischen Arbeiten nahm Stein sowohl an den vaterländischen Zuständen wie an den allgemeinen Culturströmungen und wissenschaftlichen Erscheinungen den regsten Antheil. Dies beweisen u. A. folgende Veröffentlichungen: „Rede beim Fichte-Jubiläum" (1862), „Rede zur 50jährigen Jubelfeier der Leipziger Völkerschlacht" (1863), „Friedrich Rückerts Leben und Dichten" (1866), „Orient und Occident. Rede zur Mendelssohnfeier" (1866).

Im Vereine mit theologischen Gesinnungsgenossen gab Stein zur Hebung des jüdischen Lebens und zur Verbreitung der Wissenschaft und Geschichte des Judenthums die Zeitschrift „der israelitische Volkslehrer" heraus (1851—1860), welche heute noch eine Fundgrube zur Erbauung und Belehrung genannt werden kann. Dasselbe gilt von dem Familienblatt: „Der Freitagabend" (1859—60). Beide Zeitschriften liefern den Beweis, daß bei Stein die Produktivität des Geistes Hand in Hand ging mit einem rastlosen Streben nach Neubelebung und Neugestaltung der gottesdienstlichen und sozialen Zustände unter den Glaubensgenossen.

Im Jahre 1862 schied Stein aus dem Amte eines Gemeinderabbiners in Frankfurt, nicht aber aus seinem theologischen Berufe. Er fungirte noch mehrere Jahre als Prediger des gottesdienstlichen Vereins Westend-Union. In dieser Stellung veröffentlichte er folgende bemerkenswerthe Kanzelvorträge, in welchen das Streben, Religion und Leben zu einem harmonischen Ganzen zu verschmelzen, die Haupttendenz bildet. Hierher gehören: „Der Kampf des Lebens", Festcyklus von 7 Predigten (1870), „Aus dem Westen", Neue Predigtsammlung von Sabbath- und Festvorträgen (1875), sowie viele Gelegenheitsreden:

Stein's hohe dichterische Begabung, welche dieser ursprünglich in den Dienst des synagogalen Cultus und des Judenthums überhaupt gestellt hatte, erweiterte sich später

und zwar meistens mit glücklichem Erfolge. Wir nennen
hier das fünfactige Drama: „Die Hasmonäer", welches
im Jahre 1859 auf der Nationalbühne zu Mannheim auf=
geführt wurde und reichen Beifall erntete. Später folgten
die Dramen: „Der Knabenraub zu Carpentras" (1862),
„Haus Ehrlich oder die Feste" (Familiendrama 1863),
„Des Dichters Weihe" (Dramatisches Bild aus Shakespeares
Jugendleben 1864), „Sinai" (Ein Lehrgedicht über die zehn
Bundesworte 1869), „Laura oder Gold und Ehre" (1877),
sowie viele andere poetische Arbeiten, welche Stein ein
bleibendes Andenken im deutschen Musenhain sichern.

Von prosaischen Werken Stein's sei noch hervorgehoben
seine: „Schrift des Lebens", ein mehrbändiges religiöses
Lehrbuch über den gesammten Inbegriff des Judenthums
in Lehre, Gottesverehrung und Sittengesetz (1872).

Das letzte größere Werk seines Lebens war ein zwei=
bändiges Gebetbuch, sowohl für die Sabbathe und Festtage
des ganzen Jahres, als auch zur häuslichen Andacht bei
besonderen Veranlassungen. Hierbei kam Stein seine tiefe
Gemüthsinnigkeit neben einer reichen poetischen Gestaltungs=
kraft besonders zu Statten. Sowohl bei der Uebertragung
des hebräischen Originals wie bei der freien und selbststän=
digen Bearbeitung in der Muttersprache bewundern wir die
Meisterschaft, mit welcher er stets den Ton zu treffen weiß,
der das Herz ergreift und erhebt. Diese Genialität auf
dem Gebiete der Liturgie tritt auch schon in dem früheren
(1860) von Stein bearbeiteten und herausgegebenen Gebet=
buch hervor.

Seine letzten Lebensjahre verbrachte Stein in stiller aber thätiger Zurückgezogenheit. Für den Fortschritt der Menschheit und die Entwickelung des Judenthums war er bis zuletzt bei verschiedenen Zeitschriften diesseits und jenseits des Oceans ein emsiger und treuer Mitarbeiter.

Nach kurzer Krankheit endete ein sanfter Tod am 2. December 1882 das thatenreiche Leben Leopold Stein's, eines Mannes, der ein halbes Jahrhundert hindurch unablässig und begeisterungsvoll für den Fortschritt des Menschengeschlechtes, für die Veredlung seiner Glaubensgenossen und die Hebung der religiösen und bürgerlichen Verhältnisse derselben gelebt und gewirkt hat.

Frankfurt a. M., im December 1884.

Inhalts-Verzeichniß.

I.

Die Redenden und die Stummen.

(Midrasch rabba Genes. cap. V.)

Ein König, in stiller Majestät thronend,
Den herrlichsten aller Paläste bewohnend,
Ließ sich nur von stummen Knechten bedienen;
Sie folgten dem Wink, er vertrauete ihnen,
Und was er gebeut, und was ihm gefällt,
Wird flugs von den Stummen gehorsam bestellt.
Einst hatten sie ohne Ruhe und Rast
Ihm bauen helfen am hehren Palast,
Und Alles ging trefflich, und Alles ging schnell;
So schafften sie rüstig, Gesell an Gesell,
Und wölbten die Kuppel ihm hoch und breit —
Da herrschte der Herr voll Herrlichkeit. —

Und dennoch ward ihm die Stille zu stille,
Nach redenden Dienern verlanget sein Wille;
„Wenn Jene mir stummen Gehorsam erweisen,
Wie werden mich diese laut dankbar preisen!"
Und sieh! auf sein königliches Gebot
Erhalten die Stummen das Gnadenbrod;

1

Der glänzendste Raum im weiten Palast
Wird ihnen gegeben zur heiteren Rast.
Doch sollten die Grenze sie nicht übertreten,
Den Dienst nicht zu stören Derer, die reden.

Doch ach! es gingen die Dinge verkehrt,
Die Sprecher waren des Vorzugs nicht werth,
Verwenden zum Unheil die heilige Sprach'
Und gehen verderblichen Plänen nach,
Mißbrauchen zur Lüge den falschen Verstand,
Der Friede wird aus dem Palaste gebannt,
Zum Aufruhr rotten sie sich in Schaaren —
Da zürnet der König den Undankbaren
Und ruft: „ihr stummen Getreuen, herbei!
Macht von dem Gesindel das Haus mir frei!"

Und so als der große Meister der Welt
Das Universum hingestellt,
Da halfen die schnellen lebendigen Wellen
Die Wesen ihm formen, als stumme Gesellen,
Und es ward vom Wasser zur herrlichsten Schau
Gewölbt der luftige Kuppelbau;
Da herrschte der Schöpfer vom Himmel weit
In schweigender Gottesherrlichkeit. —

Doch als der Bau vollendet war,
Sprach Gott zu seiner Engel Schaar:
„Jetzt wolln wir gestalten das herrlichste Wesen,
Zum Träger des Geistes auserlesen,

In unserem Bilde, das uns erkenne,
Mit Entzücken den Schöpfer Vater nenne;
Und wenn stumme Gewässer Gehorsam erweisen,
Wie wird mich der Mensch laut dankbar preisen."
Und den Wassern zur Wohnung ward eingeräumt
Das Meer, das heute noch zürnend schäumt;
Denn die Grenzen sollt' es nicht überschreiten,
Den Werken der Menschen nicht Störung bereiten,
Daß das grünende Land, die blühende Erde
Zur Heimath glückseligen Menschen werde. —

O Mensch, wie gnädig hat Gott Dich bedacht,
Mit Hoheit Dich reich umgeben und Pracht,
Dich seinen Werken gesetzet als Kron!
Doch in der jungen Urwelt schon
Hast Du Dich des Vorzugs gezeigt unwerth,
Die heiligen Pläne Gottes verkehrt,
In Trug und Verführung die Sprache entweiht,
In Selbstsucht Haß entfachet und Streit;
Die Ordnung der Welt hast Du zerstört,
Und wider Deinen Gott Dich empört! —

Da zürnte der Herr: „o falsches Geschlecht,
Das solchen Sinnens und Thuns sich erfrecht!
Es soll, daß Vergeltung walte auf Erden,
Verderbte Verderber, Verderben euch werden!"
Und er rief: „ihr Knechte, ihr Stummen, heran!" —
Und gewaltig brachen die Fluthen sich Bahn;
Sie quill'n aus der Tiefe, sie strömen von oben,
Mit Brausen und Toben den Meister zu loben. —

Dann wird es still — und über Leichen
Herrscht Schrecken, Entsetzen, unendliches Schweigen. —

Doch ob der Wogen gewaltigem Kamm
Im Schutze des Höchsten ein Schifflein schwamm,
Drin gegen Tod und Noth und Gefahren
Furcht Gottes und Tugend geborgen waren.
O Noah, Erprobter und einzig Erlöster,
Du wurdest der neuen Menschheit ein Tröster,
Und hast den ersten Altar gebaut,
Wo Lob und Danklied wurden laut;
Und ein Sonnenblick der himmlischen Gnade
Bestrahlete wieder die feuchten Pfade,
Und aus düsteren Wolken, fernab gezogen,
Sprach Gott im leuchtenden Friedensbogen:
„Ich werde nicht wieder zerstören die Welt,
Die auf mein heilig Gesetz ich gestellt!"

Und die Zeit, die große Zeit, wird kommen,
Da werden rings jubeln die Edlen und Frommen,
Und die Menschheit nach vielem Irregehen,
Sie wird in Recht und Wahrheit bestehen
Auf dem einzigen, ewigen Felsengrund,
Ein allumfassender Bruderbund,
Gott preisend, der sich aus Wolken enthüllt;
Drein brauset das Meer und was es erfüllt,
Und die ganze Natur lobt Gott im Verein,
Und der Mensch wird die Krone der Schöpfung sein.

II.

Der Stille an die Lauten.

(Midrasch. Jalkut zu Deuteronom. cap. 801.)

Laut stürzen von den armenischen Höhen
Die Bäche hernieder mit sausendem Wehen,
Sie stürzen in schäumenden Wasserfällen
Von Fels zu Thal, die wilden Gesellen;
Das rauschet und brauset, das wettert und wittert
Und tief ins Gebirg wird der Luftkreis erschüttert.

So kommen sie schnell in die ebenen Gauen,
Wo sie den Phrat*), den erhabenen, schauen,
Wie er in majestätischer Pracht
Dahin wallt, groß, gelassen und sacht.
Da halten die Bäche den Odem an;
Doch ein Giesbach waget sich fragend heran:
„Gewaltiger Du, wie ein König so reich,
Was ziehst Du, dem einfachen Manne gleich,
So ruhig dahin den mächtigen Lauf?" —
Und „der große Strom" erwiedert darauf:
„Ihr Wilden stürzet durch wildes Land,
Nicht Frucht gedeihet an euerem Rand;

------

*) Euphrat.

Wer redet von euch, wenn ihr nicht tobt,
Selbstrühmend den Schaum des Sturzbaches lobt? —
Ich aber — o schauet die Thalschaft weit,
Wie sie strahlt im schönen smaragdenen Kleid;
Granaten, Feigen, Oel, Korn und Mais
Lohnt reichlich des Landmanns singenden Fleiß —
Wer wirket dies all? Sagt an, nicht Ich? —
Drum mag ich wohl still sein — Das redet für mich."

III.

„Leuchte voran!"

Ein König von morgenländischen Gnaden
War wie ja so oft die Gewaltigen thaten,
Des Nachts durch seine Hauptstadt gegangen,
Um Kunde von jedem Ding zu erlangen.
Und er kam in ein Gäßlein, da war es so dunkel,
Da drang nicht herein der Sterne Gefunkel,
Das nächste Haus nicht konnte man sehen,
Kaum schrittweis vermochte man vorwärts zu gehen.
Da rief der Herr: „wie finster ist's hier;
Ist Niemand, der da leuchte mir?"
Und an guten Menschen fehlet es nicht;
Vor's Fenster stellet ein Mann sein Licht,

Allein der einsamen Flamme Schimmer
Dringt bis zur finsteren Straße nimmer.
Da ruft der König: „ich bitte sehr,
Komm, Freund, und leuchte doch vor mir her!
Dann will ich Dir's lohnen, ich komme von dannen,
Dein Licht soll dies schaurige Dunkel verbannen."

So war einst finster der Pfad der Welt,
Als Abram sein Licht am Hause bestellt.
Da rief der Herr: „laß Haus und Land,
Und wandle vor mir, Dein Licht in der Hand,
Und tritt dem Dunkel des Irrthums entgegen,
Zum Heile der Welt, und werde ein Segen.

Und zu Israel als die Zeit war vollbracht,
Sprach Gott: nun ziehe hinaus in die Nacht,
Und ziehe frohmuthig von Land zu Land,
Des einigen Gottes Licht in der Hand;
Den Ruhm der Wahrheit sollst Du verkünden,
Und Lichter soll'n sich am Lichtlein entzünden.

Und Du, Sohn Judas, gedankenerhellt,
Der sein Licht selbstsüchtig im Haus nur bestellt,
Dich zeiht der Vater des Lichts und der Huld
An Deinen Brüdern gar großer Schuld.
Siehst Du das Volk, wie's thöricht handelt,
In Aberglauben und Vorurtheil wandelt?
Wie es des Nächsten Haus nicht sieht?
Wie's strauchelt und rückwärts statt vorwärts zieht?

Erbarme Dich sein, verlaß Dein Haus
Und ziehe als Streiter der Wahrheit aus;
Den finster Wandelnden zeige die Bahn,
Verscheuche die Schatten, beleuchte den Wahn —
Wann Morgen es sein wird, bedarf man Dein nicht —
Jetzt aber leuchte, wir brauchen Dein Licht!"

IV.
Die anvertrauten Perlen.

Jetzt, Freunde, erzähl' ich Euch im Gedichte
Aus dem Alterthume eine Geschichte
Von einem vortrefflichen klugen Weibe,
Das stets ein Muster der Weiblichkeit bleibe. —

Beruria ward die Erhabne genannt,
Als Gattin des Rabbi Mäïr gekannt;
Und unter den Weisen hat man Diesen
Als einen der Weisesten hoch gepriesen. —
Und die glücklichen Gatten besaßen zwei Knaben,
Voll Lieblichkeit und seltener Gaben;
Wie haben sie ihnen das Herz erfreut
Und die Elternwonne stündlich erneut! —

Doch eines Sabbaths, als grade der Meister
Dem lauschenden Volk die erweckten Geister

Durch seinen Vortrag erquickt, entzückt,
Denn im Gleichnißreden war er gar geschickt —

Da wurden, ach! wie vergänglich ist Glück,
Die Knaben im selben Augenblick
Befallen von der grausamen Askara *),
Und schnell war der Todesbote nah,
Und die arme Mutter senkte, beraubt,
Doch heilig ergeben, das trauernde Haupt.

„O Du, mein Gatte, o Vater Du,
Wie wirst Du es tragen — dahin im Nu" —
Und als der Vater nach Hause kam
Und Abschied vom heiligen Sabbath nahm,
Da rief er: wo sind denn die lieben Jungen,
Die stets zum „Abschied" mit mir gesungen? —

„Zum Abschied!" — Wie tief erfüllte mit Schmerz
Dies Wort das zitternde Mutterherz! —
Und als von der Gattin der fragende Gatte
Ausweichende Antwort empfangen hatte,
Da sprach sie: „o Meister, gib Antwort mir;
Hab' eine schwere Frage zu Dir! —
Vor Jahren bot ein befreundeter Mann
Zur Aufbewahrung mir Perlen an
Und sprach: „nimm sie, als ob Dein sie wären,
Und möchtest Du' stillen ein weiblich Begehren,

---

*) Halskrankheit.

So magst Du sie auch zum Schmucke tragen,
Denn nicht bestimm' ich die Reihe von Tagen.
Die schwinden werden, eh' wieder ich käme
Und meine Kleinode in Anspruch nähme." —
Und so habe ich mich des Schmuckes erfreut
Und täglich daran die Lust erneut;
Ich dachte, daß ein Geschenk es sei,
Und war so vergnügt im Herzen dabei,
Daß mir der Freund die herrliche Gabe
In so gütiger Weise verliehen habe. —
Und heute kam er, die Perlen verlangend —
Nein, rief ich, nein! im Herzen erbangend —
Mein sind sie, ich lasse sie nicht — nie, nie! —
Mehr als mein Leben liebe ich sie! —
Nun drückt mich mein Herz — o Meister, sag an:
Hab' ich vielleicht doch nicht recht gethan?"

Und ernst darein der Rabbi sah:
„Das fragst Du? — Du, meine Beruria? —
Der Frauen Krone, der Tugend Ruhm?
Geliehenes Gut ist nicht Eigenthum;
So wirst Du, mein Herz und theures Leben,
Schnell ohne Murren zurück es geben!" —
Da sprach sie: „Du sagst, was ich selbst empfand."
Und sie fasset und drücket des Gatten Hand
Und führet ihn zum Söller hinauf
Und hebet das weiße Linnen auf —
Da lagen sie, die theuren Kleinode,
Sanft angestrahlt vom heiligen Tode;

Da lag der Schmuck der Mutter, so fein,
Die Perlen bleich, so edel und rein —
Wie schreckte der Anblick den Vater zurück;
Bald aber, nach oben gewendet den Blick,
Seufzt er: „Geliehenes Gut! — von Gott gekommen! —
Er hat sie gegeben, er hat sie genommen —
Gepriesen sei des Heiligen Namen!" —
Und Berurias Thränen sprachen: „Amen."

V.

„Die Sünde, nicht der Sünder."

In Rabbi Märs Nachbarschaft wohnten
Böswillige Leute, die Niemanden schonten;
Je besser der Mann, je mehr er dem Spotte
Verfiel der gottlos höhnenden Rotte.
So wurde dem Rabbi verbittert das Leben;
Wird seinem Haß euer Zorn nicht vergeben?
Und er rief: „Daß Gott dies Unkraut ausjäte!
Sein strafender Schritt die Brut zertrete;
Daß er die schändlichen Nachbarn verderbe,
Und ihre Güter ein Besserer erbe!"

Das hörte die fromme Beruria;
„O Meister," sprach sie, „wie betest Du da?

Wünscht nicht ein Bruder, daß schlimme Brüder
Sich wenden und kehren zum Guten wieder?
Wünscht je ein Vater dem bösen Sohn,
Daß Tod und Verderben werde sein Lohn?
Und sind nicht die Bösen auch Gottes Kinder?
Die Sünde vergehe, doch nicht der Sünder!" —

Und der Rabbi die edle Gattin umarmte,
Die wie Abraham sich auch der Sünder erbarmte;
Und den Schülern erzählt er, die er belehrte,
Welch' herrliches Weib der Herr ihm bescheerte.
Und durch die Stadt, an jeglichem Ort,
Rühmt man der Meisterin Meisterwort.
Und als die Nachbarn, die wahnbethörten,
Den Spruch der milden Nachbarin hörten,
Da erntet Beruria schönen Gewinn;
Beschämt verbessern die Bösen den Sinn,
Erweisen dem Rabbi nun alle Zeit
Achtung und freundliche Nachbarlichkeit;
Und aus des Talmuds lehrreichem Buch
Erhielt sich bis heute der himmlische Spruch.
O Lehrer, lehret ihn euere Kinder:
„Die Sünde vergehe, doch nicht der Sünder!" —

VI.

Der Zehentverkürzer.

(Jalkut zu Deuteronom. cap. 14, 22.)
עשר תעשר

In Jerusalem lebte ein frommer Mann,
Der nur auf Gutes und Edles sann;
Reich gab er den Armen und unverdrossen
Und achtete sie gleich Hausgenossen.
Und den Zehenten gab er voll und gut,
Aus williger Seele, mit freudigem Muth;
Drum segnete Gott ihn hundertfach,
Er wuchs wie ein grünender Baum am Bach,
Bis in's hohe Alter, ein Muster bewährt,
Von seiner Sippschaft als Haupt verehrt. —

Und als es nun kam zum Scheiden und Sterben,
Da sprach er zum Sohne, dem einzigen Erben:
„Mein Sohn, ich lasse Dir Gut und Geld,
Genieß' es und laß es genießen die Welt;
Gieb Gott den Zins und schenk ihn den Armen,
Mit freundlichem Auge, mit Huld und Erbarmen.
Und gieb den Zehnten mit dankbarem Sinn,
Zu langem Leben und reichem Gewinn;
Denn Gott wird Dich segnen, auf Deinem Thun
Wird stets sein Auge mit Wohlgefalln ruhn." —

Und der Vater stirbt, und der Sohn ist reich,
Doch nicht dem herrlichen Vater gleich.
Denn darben läßt er sein eigen Gesind,
Hart wider Wittwe und Waisenkind,
Mißachtet die Armen voll Ungebühr.
Und weiset sie grollend von Thor und Thür.
Den Zehnten zu geben? das dünkt ihm zu viel;
So treibt er mit Gott ein frevelhaft Spiel,
Alljährlich verkürzend die heilige Gab.
Da kürzet auch Gott den Segen ihm ab,
Bis ihm, zur Strafe für Falschheit und Lug,
Sein Feld den zehnten Theil nur trug
Von Dem, was einst als reicher Ertrag
In seinen jetzt dürftigen Speichern lag.

Und seine Sippschaft, ihm längst schon gram,
Weil so wenig zum Muster den Vater er nahm,
Der einst die Familie als Krone geschmückt,
Die mit Zorn auf den Sohn, den Entarteten blickt,
Sie legen nun an ihr bestes Kleid,
Als ging es zu hoher Festlichkeit,
Und durch die Stadt begeben sie sich
Zu Jenem im Aufzug gar feierlich.
Und als er es schaut, da schmollt er: „Ihr Gecken,
Kommt Ihr, den armen Bruder zu necken,
Daß Gott, der dem Vater so reichlich gab,
Mich fast nun gebracht an den Bettelstab?" —
Da hub aus dem Zuge der Führer an:
„Fern sei Das von uns! Wir kamen heran,

Gleich Dir dem edelsten Hause entstammt,
Dich zu grüßen zum neuen heiligen Amt —
Dein Vater hat den Priester geehrt
Und gab ihm den Zehnten unversehrt.
Doch Dir gibt Gott den Zehnten jetzt;
So hat er zum Priester Dich eingesetzt;
Drum wünschet Dir Glück Dein ganzes Geschlecht —
So hast Du's verdient, Dir wurde Dein Recht!"

VII.

„Tabi."

(Ueber den Werth der Zunge.)

Fürstrabbi Gamliel, der Zweite genannt
Durch manche schöne Tugend bekannt,
Besaß einen Sklaven, der war so getreu,
Stets achtend, was seinen Herrn erfreu';
Gefällig, gesellig, dienstfertig, gewandt,
Daß Rabbi ihn Tabi, „mein Guter", genannt.
Und Tabi war auch ein weiser Mann,
Wie sein Wort von der Zunge belehren Euch kann.

Einst sprach Fürstrabbi: „wir haben heut Gäste;
Geh, Tabi, zum Markte und hole das Beste!"

Und Tabi wählt, bis er mit Bedacht
Die trefflichste Zunge nach Hause gebracht.
Jetzt, denkt der Meister, versuche ich ihn,
Und sendet ihn wieder zum Markte hin,
Er solle von dort aus allen Dingen
Das Schlechteste ihm nach Hause bringen!
Und Tabi wählt, bis wieder bedacht
Er eine Zunge nach Hause gebracht.
Und Rabbi mit lächelndem Munde spricht:
„Ei, Tabi, mein Sohn, ich verstehe dich nicht!
Ich sende dich nach dem Besten aus,
Du bringest mir eine Zunge nach Haus:
Nun sag' ich: bringe das Schlechteste mir,
Und wieder liegt eine Zunge hier?" —
Und ihm erwiedert der treffliche Knecht:
„O hoher Meister, ist es nicht so recht?
Ist die Zunge gut, wie ein Edler sie liebt,
Dann Besseres auf der Welt es nicht giebt;
Ist die Zunge schlecht, Gott mög' uns bewahren,
Dann ist sie das Schlimmste, wie stets wir erfahren.
Sprach ja auch der Weiseste: „Tod und Leben
Sind in die Gewalt der Zunge gegeben!"

Wie hat doch die Antwort den Rabbi entzückt!
Und so hat ihn Tabi stets neu beglückt,
Bis er, mit frohem Gefühle zuletzt,
Den besten der Knechte in Freiheit gesetzt.
Und als er starb, den so rein er geliebt,
Fürstrabbi die Trauergebräuche übt;

Und wie, nun befremdet, der Schüler Mund
Ob solchen Thuns gefragt um den Grund,
Sprach Jener, mit väterlich klagendem Ton:
„'s'Ist nicht um den Knecht, es ist um den Sohn!"

VIII.

Der Fuchs im Weinberg.

Parabel über Prediger: 5, 15.

(„Wie er kam, so geht er.")

Das Märlein ist heiter, doch ist es auch ernst,
Mein Sohn, wenn Du die Bedeutung lernst!
Es ist ein Gleichniß vom irdischen Leben,
Das uns im Bilde der Weise gegeben. —

Als einst in den Weinberg das Füchslein kam
Und die süßen Träubelein rings wahrnahm,
An Stäben so voll, in Beeren so dicht,
Und flimmernd im schimmernden Sonnenlicht,
Da rief es: „der ganze Weinberg ist mein;
Hier laß einen Tag ich wohl mir's sein.
Es thut mir auch Noth; ach! so wie ich bin;
So ausgehungert, so schmal und so dünn!" —
Ja, ja! das Füchslein war schmal und hager,
Ein schlankes Bürschlein, doch gar so mager;

Bald aber frißt es sich dick und rund.
Denn auch die Mäuslein munden gesund,
Und auch ein Häslein wird eingefangen,
Um in den gierigen Schlund zu gelangen.
Heisa! wie läßt es mein Füchslein sich schmecken,
Wie thut es die Glieder froh recken und strecken,
Und bummelt und tummelt sich lustig herum!
Zeit flieht, Fuchs kümmert sich nichts darum,
Es ist ja immer noch ziemlich früh,
Und der Tag ist so lang, als endet' er nie.
Und wieder aufs Neue beginnt man zu essen,
Bald werden die Stunden im Essen vergessen! —
Ha, da beginnt die Sonne zu sinken;
Die Abendwinde flüstern und winken —
„Jetzt ist es doch Zeit, daß heim ich kehr" —
Doch durch die Mauer geht es nicht mehr;
Die Spalte ist schmal, der Balg ist zu dick;
Da steht nun der Fuchs und kann nicht zurück.
So muß nun der Arme im üppigen Garten
Mit Hiobs Geduld wohl fasten und warten,
Bis wieder die Fülle hat abgenommen,
Und leer zieht er aus, wie leer er gekommen.

IX.

Rabbi Akiba.

Erste Abtheilung: Sein Leben.

1. „Calba Sabua.“

Zu Jerusalem lebte ein Mann so reich,
Daß dem Reichthum nur kam die Großmuth gleich.
Als Rom mit unwiderstehlicher Macht
Zion versetzt in düstere Nacht,
Und vor dem Hunger Entsetzen und Schrecken
Verzweiflung in allen Herzen erwecken,
Da gaben aufopfernd mit hohem Sinn,
Drei Männer die Fülle des Reichthums hin,
Mit Holz, und mit Salz, und mit nährendem Korn
Auf lange zu lindern des Mangels Zorn.
Und einer war „Calba Sabua“, das heißt:
„Hier wird satt auch der Hund“ — denn reichlich gespeist
Ward auch das armseligste Thier zur Stelle,
Das hungernd gekommen zur tröstlichen Schwelle. —
Und dennoch, wie Väter zuweilen sind,
War grausam der Mann dem eigenen Kind. —

In Calba Sabua's Dienst sich befand
Ein junger Hirte, von seltnem Verstand;
Von männlicher Schönheit, von edlem Gemüthe,
Geist Gottes aus den Augen ihm sprühte.

2*

Reich brachte es später der Mann zu Tag,
Was schlummernd noch in dem Jüngling lag;
Und Calba Sabua's Töchterlein,
Sie liebt den Jüngling, edel und fein;
Und als der Vater, von stolzer Natur,
Das Bündniß von Tochter und Knecht erfuhr,
Da stieß er, in seinem Zorne blind,
In's Elend sein holdes einziges Kind
Und that den Schwur, ernst, heilig und hehr:
„Nie kehrest zu dieser Schwelle Du mehr!" —

---

2. In niederer Hütte.

Und nun gebot die heilige Sitte,
Daß sein Weib sie wurde — in ärmlicher Hütte,
Von Arbeit und Müh lebt kärglich das Paar;
Wie dürftig der nöthigste Hausrath war!
Das Lager war Stroh! — „Ach, solchem Loos
Stell ich den Sprößling des Reichthums blos!"
So weinet Akiba; doch Rahel spricht:
„Wo Liebe wohnt, wohnt Kummer nicht."
Sie sagt es, da eilet ein Armer herbei —
Man sagt, daß Elias gewesen es sei —
Und ruft: „gebt Stroh zum Lager mir her;
Ich liebe mein krankes Weib so sehr
Und habe vom Markte heut Stroh gelesen
Für sie, die eines Knaben genesen —

Ihr habt es; o gebt — gebt mir von dem Stroh!"
Sie gaben; wie dankte der Aermste so froh! —
Und als er gegangen, sprach Rahel: sieh hier,
Der Arme ist noch ärmer als wir. —
Und sie las ihm Hälmchen aus dem Haar
Und sprach: „das ist Gold! nun hat's nicht Gefahr;
Ich werde damit zum Wechsler laufen
Und für dies Gold mir Geld einkaufen."
Akiba geht lächelnd — und nun mit der Rechten
Trennt kühn und scharf sie vom Haupte die Flechten,
Und ihr Haar war so klar wie gediegenes Gold,
Und sie verkauft's, als der Liebe Sold,
Um doch dem Theuern für einige Tage
Zu lindern die Sorge, die Noth und die Klage.
Und als er Das sah, da schluchzte er laut:
„O Gott, wer hat je Solches geschaut! —
Jerusalems Bild, in Golde geprägt,
Mit kostbaren Steinen eingelegt,
Soll einst, o Herrlichste, Dir zum Lohn
In meinem Hause schmücken den Thron!" —

---

3. Muth! Muth!

Da lächelte Rahel: „o goldener Traum,
In meinen Erwartungen findest Du Raum! —
Akiba, mein Freund, viel Gold ungeprägt,
Und edles Gestein sind in Dich gelegt;

Da sind die Schätze aus Deinem Geist,
Der von diesem Elend sich kühn losreißt,
Um mit Gott und heiligem Muthe zu wallen
In der Weisheit Allen geöffnete Hallen.
Dann wird aus Deinem gesegneten Haupt
Erwachsen ein Baum im Lichte belaubt;
Und Israels Jugend auf weichen Matten
Wird lagern und lauschen in seinem Schatten;
Und weiter und weiter auf blühendem Raum
Wird wachsen und wachsen der himmlische Baum,
Und immer zu klein wird der Raum doch sein,
Zu fassen der Jünger zahllose Reih'n,
Die löschen den Durst aus Deiner Fluth,
Daß leuchte das Aug von der Wissenschaft Gluth!" —

Da zürnet Akiba: „in meinen Jahren
Soll ich mich zu jenen Knaben schaaren,
Zu jenen hochmüthigen Schulgefährten,
Die spotten jegliches Ungelehrten;
Die keine Liebe zum Volke kennen,
Die höhnend uns „Amhäarez" nennen,
Den Druck der Verachtung uns fühlen lassen —
Ich hasse sie tief, wie uns sie hassen!" —

Und Rahel darauf: „was Dein Herz versucht,
Das ist nicht Haß — ist des Eifers Frucht!
Du fühlest den Geist von Gott entflammt,
Und siehest zur Niedrigkeit ihn verdammt —

Muth! Muth!" Auf, ringe Dich los;
Das Ziel ist erhaben, der Lohn ist groß! —
Begib Dich zum edlen Sohn des Hyrkan;
Rabbi Eliefer hört huldvoll Dich an.
Er wird den Wissenstrieb nicht beschämen,
Wird väterlich Dich und mit Lieb aufnehmen.
Erzähl' ihm von unserem Loose dabei,
Und wie glühend und tief die Sehnsucht sei,
Daß einst die Kron des Gesetzes Dich kröne
Und uns vielleicht den Vater versöhne!" —

„Und Du, Geliebte?" — „Wohl werd' ich Dich missen,
Doch von Deinem Geiste umschwebt mich wissen.
Gott und die Arbeit werden mich nähren,
Und Hoffnung meine Jahre verklären.
Und wenn ich manchmal doch zagen wollt' —
Denk ich an Jerusalems Bild — von Gold!" —

4. Er wird Meister.

Wem Gott ein wackeres Weib bescheert,
Den hat er mit jenem Schilde bewehrt,
Der den Mann vor allen Gefahren schützt,
Mit dem Stab den steilansteigenden stützt.
Sie ist die Feder der Lebensuhr;
Ihr Strahl erheitert die dunkelste Flur. —
Und also gerüstet durch liebenden Rath,
Ermannt sich Akiba zu geistiger That;

Mühselig, doch fröhlich zieht er fürbaß
Des Lernens Pfad, des Wissens Straß',
Und Rahels Worte bestimmen sein Loos:
„Das Ziel ist erhaben, der Lohn ist groß!"

Er tritt in die Schule. Die stolzen Gelehrten,
Sie reiben sich oft am derben Gefährten,
Doch muthen sie nur das Gold an den Tag,
Das reichlich tief unten im Schachte lag. —
Sein Blick war Feuer, das Scheu einflößte,
Und seine Gestalt hochwüchsig die größte,
Die über die ganze Schule weit ragte;
Wer sein zu spotten, zu necken ihn wagte,
Dem bietet er bald als Sieger Trutz.
Rabbi Elieser nimmt ihn in Schutz;
Gleich einem Strome wächst mehr und mehr
Des Meisters Lieb, des Schülers Begehr
Nach Gottes Gesetz, der Gedankenfülle,
Die ruhn in der Satzung schirmender Hülle.
Mit Mannessinn — schon zählte er vierzig —
Faßt kühn er den Geist, und kostet würzig
Aus der Blume der Weisheit den hauchenden Duft,
Der dem Bruder, dem Hauche der Seele ruft. —
Und der Schüler wird Jünger, und der Jünger wird Meister,
Sabua's Knecht beherrschet die Geister;
Rabbi Akiba ist er genannt —
Sein Ruhm hallt weit durch's heilige Land.
Und Rahel vernimmts und strahlet in Wonne:
„Ich bin der Mond und Er meine Sonne!" —

5. Der Halachift.

Zwei Ströme ziehen in's Talmudmeer —
.Zwei Straßen ziehet das Talmudheer;
Die Eine ist die H a l a ch a geheißen,
Das ist die gebahnte Straße der Weisen,
Wozu sie die Steine gemeißelt haben,
Wozu sie den Grund aus der Tora gegraben;
Und jeder. Stein ist Lebensnorm,
Und jedes Stäubchen Gesetzesform. —
Da raget der Bau, der wunderbare,
Woran sie gebauet sechshundert Jahre,
Mit seinen Zinnen, den hochgrotesten,
Mit seinen Schnörkeln und Arabesken,
Fürwahr, ein gar seltsamer Palast,
Drin rührt sich der Geist, drin findet er Rast.
Da turnieret Verstand, da schleudert Witz
Die Pfeile, die feurigen,. Blitz auf Blitz —
In Disputatoriums heiligem Kranze
Von Meister zu Meister zückt Lanze auf Lanze;
Und dem Sieger, dem immer die Palme gebührt,
Wird der Preis, der den Namen H a l a ch a führt.
Da sitzen die Jünger von Eifer entbrannt,
Im Halbkreis, den sie den „Weinberg" genannt;
Denn der Wein des Gesetzes gährt hier in der Kelter,
Der herrlicher wird und besser, je älter. —

Hier ist es, wo Rabbi Akiba regieret,
Im schaffenden Geiste hoch excelliret.
In jedes Wort, das die Tora spricht,
Steigt er hinab mit dem Grubenlicht
Und bringet die Gedanken herauf,
Mehr geltend als Gold und Perlen im Kauf.
Aus jedem Wörtlein wird Lehre gedeutet,
Aus jedem Häkchen wird Satzung erbeutet;
Das ist ein berauschendes Geistesspiel,
Und trunken macht es der Geister viel.
Und die Augen der Jünger leuchten von Gluth
Die getrunken des Meisters begeisternde Fluth;
Und es drängen sich Dürstende, Schaar um Schaar
An Ihn, der der Quell der Halacha war.
Kam ein Weisheitsspruch aus seinem Mund,
Ein Blümlein von der Agada Grund,
Gleich rief man: „Akiba, das ist nicht Dein Feld;
Die Halacha ist Deine Geisteswelt.“

Und der weite Talmud zeigt Euch kein Blatt,
Das seinen Namen verewigt nicht hat.
Und die Worte der Weisen fügt er zusammen,
Die aus der Ueberlieferung stammen;
Der Mischna Begründer der Herrliche war,
Schön klinget ihr Ruhm: „gemessen und klar!“ —
Und Meister Akiba von Orte zu Ort
Zieht Er, verkündigend Gottes Wort.
Arabias Wüste und Gallias Flur,
Wie Afrikas glühend heiße Natur,

Drei Welttheile schauen mit kühnem Wagen
Den Mann die Lehre des Höchsten tragen.
Im Sturme am scharfen Felsenriff
Zerschellt, das ihn trug, ein tartessisches Schiff,
Sein Leben war mit Gott verkettet;
Auf einer Planke ward er gerettet.
Im Wald herberget er, obdachlos,
Ihn schirmet die himmlische Gnade groß;
Die Räuber haben ihn nicht beschädigt,
Ehrfurcht vor seinem Namen bethätigt,
Der von Weltende zu Weltende scholl;
Sein waren Himmel und Erde voll. —

Die Sage erzählt: „Auf Sinais Höhe
Als Moses gestanden in Gottes Nähe,
Und der Herr ihm gezeigt die künftigen Lehrer,
Die verklärten, verklärenden Lichtvermehrer,
Sah Moses ein himmlisch entflammtes Gesicht
Und fragt: „wer ist Der?" Und der Höchste spricht:
„Neig dich vor dem Manne, o Moses, mein Knecht,
Der einst verherrlichet Jakobs Geschlecht —
Akiba, an Herzen und Geist so rein;
In Leben und Tod wird groß er sein!" —
So Rabbi Akibas Ruhm vernimmt
Der Himmel — und bei die Erde stimmt;
Und die Weisen rufen, die Geistesreichen:
In Israel ist nicht seines Gleichen,
Akiba, dies Zeugniß wollen wir geben:
Wer scheidet von Dir, der scheidet vom Leben!" —

6. Der Agadist.

Die zweite Straße im Talmudland,
Die schönere, sie ist Agada genannt;
Sie führet über anmuthige Strecken,
Die Blumen und Palmenhaine bedecken,
Durch welche sich murmelnde Bächlein ergießen;
Und wirst Du, Entzückter, die Augen schließen,
Dann fühlst Du von Träumen Dich sanft geschaukelt,
Den Geist von lieblichen Bildern umgaukelt,
Und Mährchen, Histörchen und große Gedanken
Sich bunt und wild ineinander ranken;
Du glaubst Dich in einem Zaubergarten,
Wo Jerichos Rosen und Gileads Narden
Durchwürzen mit paradiesischem Duft
Die fatamorganisch bezauberte Luft.
Da siehst Du die Pforten des Himmels gelichtet,
Als Wahrheit, was schauend der Geist gedichtet,
Prophetisch, pathetisch, altorientalisch;
Der Glaube erscheint noch rein patriarchalisch. —

Und was Rabbi Akiba halachisch geleistet,
Das wird agadisch durchhaucht, durchgeistet.
Ich gebe Euch, seid Ihr zu hören bereit,
Gern Manches von dieser Süßigkeit. —

7. Rabbi Akibas Weisheit.

Er sprach: im ganzen Gesetze am Höchsten
Steht: „Du sollst lieben wie Dich den Nächsten!"
Sprich nicht: „weil mißachtend man mich betrachtet,
So sei auch von mir der Nächste verachtet;
Weil unter dem Werthe man mich geschätzt,
So seien auch Andre heruntergesetzt.
O wisse, Wen Du mißachtest im Nächsten,
Geschaffen ist er im Bilde des Höchsten,"
Und ferner: „hoch stehst du, o Erdensohn;
Dein ist der Vorzug, du trägst die Kron' —
Doch der höchste Vorzug ward dir enthüllt:
Du bist geschaffen in G o t t e s Bild.
Schön klinget das Wort: ihr seid K i n d e r genannt
Desselben Hauses, im Bruderverband;
Doch mit höchstem Vorzug seid ihr geweiht,
Daß ihr Kinder des himmlischen Vaters seid! —
Und hast du an deinem G o t t dich versündigt,
Dir ist die ewige Gnade verkündigt!
Doch an Menschen — hast du dich vergangen an ihnen,
Da vergiebt nicht Gott — du selbst mußt es sühnen."

Ein Heide fragt ihn: du sprichst voll Erbarmen
Sei euer Gott, und er liebe die Armen;
So geb' er doch selbst, wenn er sie so liebt,
Warum will er, daß ihnen der Reiche giebt?

Und der Rabbi versetzt: „er will, daß an ihnen
Die ewige Seligkeit wir uns verdienen." —
Und er sprach: „schätzt mir nicht den Armen als Knecht;
Er weiß sich wie Ihr aus freiem Geschlecht,
Weil erhebend ihn das Gefühl entflammt,
Daß von Abraham, Isaak und Jakob er stammt."
Doch die Reichen hat Rabbi Akiba geehrt,
Weil Gott sie gehalten der Botschaft werth,
Daß sie aus dem Strom, den von Ihm sie empfangen,
An den Schmachtenden lassen das Labsal gelangen.
Man fragt in der Schule: „Wer ist reich?"
Da denket er seiner Rahel sogleich
Und spricht: „reich ist, wen ein Weib beglückt,
Das Tugend und innere Schönheit schmückt. —
Und deutend sagt er: „Gott nennt sich „Jah",
Das „Jod" und das „He" sind einig sich nah.
Und das „Jod" er dem Manne — Jsch verlieh,
Und mit dem He auszeichnet er sie —
„Jschah" — die er als Gefährtin ihm gab,
Als schützenden, stützenden Lebensstab.
Und pflegen sie Frieden, Gott ist mit ihnen,
Sein Name, dem sie als Träger dienen.
Doch streun sie im Hause der Zwietracht Samen,
Dann scheidet „Jah", weicht Gottes Namen;
Es bleibt „Esch, Esch" — ha, Feuer, Feuer! —
Und es wächst im Hause der Brand ungeheuer
Und verzehret das Weib und verzehret den Mann,
Und Niemand ist, Niemand, der löschen kann! —
Und auch das ist vortrefflich. Ein Jude, Sunan,

Ein frommer doch abergläubischer Mann,
Sprach: „Rabbi, das ist mir wie dir bekannt,
Die Götzen sind Trug und Täuschung und Tand,
Allein mein Nachbar versicherte mir,
Jüngst trug man zum Tempel des Aesculap hier
Einen lahmen, krummen, verkrüppelten Mann,
Der frei und fröhlich jetzt laufen kann!"
Da lachte der Rabbi, und lächelnd er spricht:
Du verschmähest wohl ein Geschichtlein nicht? —
Ach ja! das höre ich gern für mein Leben! —
So höre! — Es hat einen Mann hier gegeben,
Es war ein Wechsler und ungemein reich,
Doch auch ein Muster an Tugend zugleich,
Daß ohne Zeugen ihm alle Welt
Zur Bewahrung vertraute Kleinode und Geld.
Da war in der Stadt ein gemeiner Mann,
Der bracht' es mit Zeugen; man nahm es an,
Doch als ohne Zeugen er Geld anbrachte,
Da flüstert des Edlen Weib ganz sachte:
„Weil er dir jüngst das Vertrauen entzogen
So werde er jetzt um sein Geld betrogen!" —
Da rief der Mann mit zürnendem Blick:
Du Frevlerin, schnell nimm dein Wort zurück!
Weil mir ein Thor entzog sein Vertrauen,
Soll ich selbst vor mir selber treubrüchig mich schauen?
Und so, mein Sohn, merk dir die Lehre:
Nur Einer ist Helfer, ihm gib die Ehre!
Und wenn treulos ein Thor in Mißtrauen fällt,
Treu bleibet sich ewig der Herr der Welt."

Und nun hört noch zum Schluß die Worte voll Licht;
Den denkenden Meister bewährend; er spricht:

„Was hienieden geschieht, wird droben geschaut,
Doch die freie That ist dem Menschen vertraut.
Gerichtet wird die Welt in Gnaden,
Doch bestimmt wird das Maaß nach der Fülle der Thaten. —
Und ferner: „in Pfand ist Alles gegeben,
Und geworfen ein Netz über alles Leben.
Kaufladen steht offen, Kaufmann übt Geduld,
Schuldbuch ist geöffnet, Hand schreibt ein die Schuld.
Wer borgen will, dem wird geliehen —
Schuldforderer aber das Land durchziehen
Und bezahlt am Menschen machen sie sich,
Ob willig er gibt, ob unwilliglich.
Sie zeigen den ernsten Mahnbrief auf;
Da steht die Weisung des Richters darauf.
Und der Spruch ergeht in Wahrhaftigkeit
Und zu Königs Gastmahl ist Alles bereit!

---

8. Heimkehr und Wiedersehn.

Erhebung hat reich uns der Meister bereitet,
Den wir auf den Straßen des Talmuds begleitet;
Nun wollen wir ihn froh auch nach Hause geleiten,
Glückseligkeit unserer R a h e l bereiten. — —
Sowie Gottes Wort den Thauwind beweget,
Lenzhauch die schlummernden Knospen erreget,

Und es löst sich der Schnee, und die Bächlein fließen
Die jugendlich frisch zum Strom sich ergießen,
Der bereichert anwachsend sie väterlich hegt
Und vereint zum heiligen Meere trägt:
So hat Gottes Wort im heiligen Lande
Gelöset den Bann, des Frostes Bande,
Der seit des Tempels Zerstörungstag
Auf Judäas öden Gefilden lag.
Und die jungen Quellen und Bächlein schwollen
Und ergossen sich in den Strom, den vollen,
Und Rabbi Akiba, groß und hehr,
Trug seine Jünger in's Talmudmeer. —

Nun aber hatte der Meister beschlossen,
Zu ziehn mit dem Strome seiner Genossen
Gen Jerusalem, die heilige Stadt,
Die er in zehn Jahren gesehen nicht hat.
O wie pocht ihm das Herz mit mächtigen Schlägen,
Dem theuren Weibe, den Kindern entgegen,
Die er gelassen einst in der Hut
Der besten Mutter, so fromm und so gut.

Und in der Stadt ist ein Leben und Wogen,
Von Schaaren Volks die Straßen durchzogen,
Zu ehren den Meister, dem Ehre gebühret,
Der zu Gott die Jugend zu Tausenden führet. —

Und er kommt — da herrscht kein Toben und Schrein,
Als zöge ein blutiger Heermeister ein —

3

Nein! Stille waltet, andächtiges Schweigen,
Und Jüngling und Greise die Häupter neigen
Vor Ihm, der die Kron' des Gesetzes trägt
Und belebend die Schlachten des Geistes schlägt. —
Und durch des Volkes dichtes Gedränge,
Durchbrechend der Jünger zahllose Menge,
Ein Weib eilt heran in schlichtem Gewand,
Ein Knäblein, ein Mägdlein an der Hand.
Und sie stürzt zu des Meisters Füßen nieder,
Umarmt seine Kniee wieder und wieder,
Und die Augen strömen, die Lippen beben:
„Gelobt sei Gott, der mich Das ließ erleben!" —
Und die Schüler grollen und wollen sie verstoßen:
„Hinweg mit dem Weib, der dreisten, zuchtlosen" —
Da breitet der Rabbi, wie zum Segen,
Die Arme schirmend dem Weibe entgegen
Und spricht: „laßt sie — was geworden aus mir,
Was geworden aus Euch, das danken wir ihr!" —
Und die hohe Gestalt herniedergebückt,
Er an's Herz sein Weib und die Kinder drückt
Und ruft: „Tag himmlischer Seligkeiten" —
Und es weinet das Volk mit den glücklichen Beiden. —

Und siehe! Stadtbüttel machen dort Bahn,
Denn Jerusalems Aelteste ziehen heran,
An ihrer Spitze, sein Haar schneeweiß,
Calba Sabua, der hohe Greis —
Rahel und die Kinder ziehn sich zurück,
Aus Scheu vor des Vaters gefürchtetem Blick. —

Und Calba Sabua spricht: „Dir naht,
O Rabbi, Jerusalems hoher Rath,
Und Dank sei vor Allem zu Gott entsendet,
Der von seiner Weisheit den Sterblichen spendet!
In Schutt liegt unser Heiligthum;
Genommen von uns sind Sieg und Ruhm,
Und nimmer versieget der Thränen Lauf;
Doch in Dir steht neu der Tempel auf. —
Wir wissen nicht, weß Stammes Du bist,
Doch gesegnet sei, der Dein Vater ist,
Und gesegnet die Mutter, die Dich gebar;
Wir bringen Dir Ehre und Huldigung dar." —

Und Rabbi Akiba mit feuchtem Blick,
Er gibt dem Altvater das Wort zurück:
„Zu viel der Ehre erweiset ihr mir;
Wer bin ich? Ihr ehret die Tora in mir.
Und sie will, daß die greisen Väter wir ehren,
Die den Wandel in Gottes Wegen uns lehren.
So neige ich mich wie ein Sohn vor Dir;
Gib, Vater, o gib Deinen Segen mir!" —

Wie schön war dies Wort, wie edel Dein Thun,
O trefflicher Knecht, Du Meister nun! —

Und er beuget das Haupt; und der fromme Greis,
Der sich geehrt und gehoben weiß,
Auf solch ein Haupt zu legen die Hände,
Voll Andacht ertheilt er die Weihespende:

3*

„Gesegnet mögst Du mit Allem was Dein,
Von unserem Vater im Himmel sein!" —
Und alles Volk ergriffen, ruft: „Amen,
Willkommen die kamen in Gottes Namen!!"
Und also fährt Calba Sabua fort:
„O Israels Meister, hör' noch ein Wort!
Mein Schicksal ist meinem Volke bekannt,
Daß ich die Tochter vom Hause verbannt,
Weil einen Mann ihr Herz erkor,
Der unter mir stand. — Ich Thor! ich Thor! —
Und ich that den Schwur, o Unheilsquelle:
„Nie kehrest Du wieder zu meiner Schwelle!" —
Du, den man den ersten der Meister nennet,
Der das Gesetz aus dem Urgrund kennet,
O gib mir Deines Herzens Rath,
Wie sühn' ich den Schwur, und wie die That?" —

Und der Rabbi mit gottzugewendetem Blick,
Er gibt dem Frager die Frage zurück:
„Und hätte die Tochter als treuen Gefährten
Erkoren sich einen frommen Gelehrten,
Wie? sprachst Du auch dann das bannende Wort
Und wiesest Dein Kind von der Schwelle fort?"
„Nein, nein! das hätte ich nimmer getadelt,
Weil Weisheit die Söhne Jakobs adelt;
Wer solche Schätze führet ins Haus,
Der rüstet mit höherem Reichthum es aus."
Drauf Jener: „und dünk' ich Dir wohl zu geringe,
Wenn ich in mir selbst den Erkornen Dir bringe?

Ich bin Akiba, Dein Sohn, Dein Knecht;
Vergib mir, o Vater, und Deinem Geschlecht!"
Und Rahel rief er, die Kinder herbei;
„O Vater," schluchzt sie, „mein Vater, verzeih".
Und wirft sich an des Erschütterten Brust —
O Freude, o Wonne, o himmlische Lust! —

Und das Volk begleitet die Frohen nach Haus;
Die Straßen brechen in Jubel aus;
In Wonne strahlet Jerusalem,
Als ob von Gott der Messias käm'.

Und als mit den begleitenden Schaaren
Am Hause sie angekommen waren,
Hält Calba Sabua und spricht: „mein Sohn,
Ich preise den Herrn auf dem himmlischen Thron
Herzinniger als ich ihn jemals pries,
Daß Er Dein Antlitz mich schauen ließ!
Dies Haus und meine Güter sind Dein;
Gesegneter Gottes, zieh bei mir ein!" —

O Rahel! o Rahel! wie freut sich Dein Sinn;
Die Tage der Trübniß sind alle dahin;
Dir wird nun gezollt als Ehrensold
Jerusalems Bild von gediegenem Gold.

X.

Rabbi Akiba.

Zweite Abtheilung: Sein Sterben.

---

1. Einleitung.

Von Rabbi Akiba, gotterwählt,
Hab ich des Erhebenden viel Euch erzählt;
Aus schöneren Tagen aus frischer Zeit,
Da er sich dem höchsten Streben geweiht;
Als Frauenhuld ihm himmlisch gelächelt
Und Edens Lüfte ihm zugefächelt;
Als Rahels erweckende hohe Lieb
In ihm entflammte den Wissenstrieb;
Als er zu Gottes Ruhm und Lob
Vom Hirten sich zum Rabbi erhob,
Die Schätze des Gesetzes enthüllend,
Die Welt mit seinem Namen erfüllend. —
Nun aber tönet die Harfe Schmerz,
Und tiefe Wehmuth füllet mein Herz,
Und doch ist auch diese leuchtend umwoben
Wie das Thal, das sonnig beglänzte von oben.
Ich singe Rabbi Akibas Ende,
Des hehren Schicksals erhabene Wende.
Sein Tod war That — und mehr noch im Sterben
Sollt' er, als im Leben, Glorie erben.

---

2. Bar=Cochba.

Das Haus des Höchsten war verfallen,
Schakale zogen durch seine Hallen;
Die Stadt des Höchsten lag in Trümmern,
Kein Stern der Hoffnung wollte schimmern.
Blutströme zeichneten Romas Spur,
Bluttrinken ist ja der Löwin Natur!
Verfolgt, verboten auf Tod, war die hehre
Erforschung der heiligen Gotteslehre.
Die hohen Schulen waren verödet,
Erhab'ne Lehrer im Kerker getödtet. —
Da schien im Volk erloschen die Kraft,
Und jeder Arm hing nieder, erschlafft. —
Und dennoch lebt in den Herzen der Muth,
Wie unter Asche geborgene Gluth,
Und nur ein Hauch aus Gott war vonnöthen,
Entfachend das Feuer, das nimmer zu tödten.

Da erschien, wie der Stern aus Wolken, ein Mann,
Der bannte der Schlaffheit entmannenden Bann;
Bar=Cochba, „Sternsohn", war er genannt,
Der wieder Judäa mit Männern bemannt
Und zeigte, was Einer vermag zur Zeit,
Spricht er das Wort, das die Geister befreit,
Und trägt, mit gottentflammeter Stärke,
Ein ganzes Volk zum Befreiungswerke.

Bewundert schon ward seine Leibeskraft,
Wie die Sagen erzählen, ganz Simsonhaft;

Die mächtigsten Schleudersteine im Feld
Hat er mit dem Fuße hinweggeschnellt,
Ein Römer an Kraft, ein Held ohne Fehl,
Und ein Jude von Herzen und ganzer Seel.
Die Hasmonäer, die geistesverwandten,
Sie waren in ihm aus dem Grabe erstanden,
Bis, ach, mit Ihm, den Ersten gesellt,
Gestiegen in's Grab der letzte Held —
Herr! Gott! es war der letzte Versuch,
Zu tilgen der Knechtschaft brandmarkenden Fluch! —

Und als Rabbi Akiba den Helden erschaut,
Da rief er die Worte, schriftvertraut:
„Aus Jakob trat ein Stern hervor,
Der steiget über Edom empor;
Nicht lange währt es, und Roma zittert,
Und ihre Reiche werden erschüttert!" —
Und sowie er einst, ein geistiger Streiter,
Zog weit durch die Lande, der Lehre Verbreiter,
Zog jetzt er aus, um Streiter zu werben,
Für Gott zu siegen oder zu sterben.
Und sein prophetisch begeisterndes Wort
Wirkt mächtig; es strömen von Orte zu Ort
Die Schaaren Gottes, die auserwählten,
Die siegesgewissen todtmuthig beseelten.
Und zwanzigtausend Talmudjünger
Gewöhnen den Schriftwort deutenden Finger,
Zu fassen das Schwert mit nervigter Faust,
Das wuchtig, zweischneidig die Luft durchsaust.

Bar-Cochba's Heer zum heiligen Krieg
Schnell bis auf Hunderttausende stieg;
Und Sieg um Siege wurden errungen,
Und Veste um Veste wurde bezwungen —
Ha, Freiheitsruf von nahe und fern:
„Den Sieg erwirkt die Rechte des Herrn;
Ich werde nicht sterben, ich werde leben
Und kund die Thaten des Ewigen geben!" —
Da wandelte Kaiser Hadrian
In seiner Burg Entsetzen an;
Sein Herz erbebt, und seine Gedanken
Wie die Stützen seines Reiches wanken.

Und aus Britannien rufet Er
Den Feldherrn Julius Sever,
Der dort schon glänzenden Ruhm errang,
Empörtes Volk zum Gehorsam zwang;
Er wußte das Römerschwert zu schärfen,
Gebäumten Aufruhr niederzuwerfen.
Und er kam, und er flog über Wasser und Land,
Den Sieg an seine Fersen gebannt.
Wohl flammte noch höher Bar-Cochba's Muth,
Es färbten die Ströme sich rings von Blut;
Doch wendet sich bald des Krieges Glück
Und kehrt zu den Welterob'rern zurück.
Denn im Rathe des Höchsten war es beschlossen,
Nicht sollten seines Bundes Genossen
In einem Winkel der Erde verweilen;
Er wollte sie über die Länder vertheilen,

Daß sie, besiegt, die Sieger werden,
Der Völker Einheit stiften auf Erden. --
Bar=Cochba mit seiner Helden Reste,
Wirft sich nach Betar, der mächtigen Veste;
Großthaten hat da er noch viele verrichtet
Und manche Schaaren der Römer vernichtet,
Bis Betar fiel, Bar=Cochba fiel,
Und Leiden ohne Maß und Ziel
Judäa und seine Lehrer trafen;
Denn die Rache des Römers verstand zu strafen.

———

3. Das Gleichniß von den Fischen.

Und Rabbi Akiba, dem geistigen Führer,
Des flammenden Aufruhrs feurigem Schürer,
Gelang es zu entkommen den Schergen,
Im Schutze der Treue sein Leben zu bergen,
Stets Gottes Gesetz mit Eifer lehrend,
Ihm Stützen im jungen Geschlechte gewährend.
Da trat der Versucher an ihn heran —
Papus Ben=Jehuda nennt sich der Mann,
Der, schwimmend mit der Feigheit Strom
Geschlossen seinen Frieden mit Rom —
Und er spricht: „Du lässest vom Lehren nicht ab,
Und vor Dir drohen Holzstoß und Grab —
So schaffest Du Unheil Dir und den Deinen —
Warum uns nicht mit dem Sieger vereinen?

Judäas Leuchte ist im Erblassen;
Warum nicht von fruchtlosem Trotze lassen?
Die Hoffnung liegt in den letzten Zügen —
Füg' Dich den Feinden, die sich nicht fügen!" —
Und der Rabbi spricht ruhig mit lächelnden Mienen:
„Dir möge zur Antwort ein Gleichniß dienen!"

„Einst trat der Fuchs an den Strom heran,
Wo er zu den Fischen zu reden begann:
Wie geht es euch, Brüder? — „Uns ginge es gut;
Wir schwimmen froh auf und nieder die Fluth,
Wenn nur die schlimmen Netze nicht wären,
Die Noth und Gefahr uns täglich vermehren."
„So kommt", spricht Fuchs, an's Ufer heraus
Und lebet mit uns im sicheren Haus!
Ich kann euch betheuern auf Ehrenwort,
Zusammen lebten am gleichen Ort
Einst unsere Väter gar manches Jahr
Und schirmten einander in Noth und Gefahr."
Darauf die Fische: „Du Sohn der Lügen,
Meinst Du, wir seien so leicht zu betrügen?
Sind jetzt wir, im eigenen Elemente,
Nicht sicher gegen feindliche Hände,
Wie sollten wir erst dann bestehen,
Wenn aus unserem Elemente wir gehen?" —
Und Gottes Lehre, das ist die Fluth,
Die uns trägt und hegt und belebet mit Muth,
Und außer ihr ist sicherer Tod! —
So laßt sie vollbringen, was uns bedroht! —

Das Volk nicht mit dem Einen vergeht,
Doch der Eine im Volke fortbesteht.
An unserem Muth soll es sich erheben,
Und trotzen dem Feind, und ihn überleben!" —
So spricht er das Wort, spricht sich den Bescheid
Zum Tode und zur Unsterblichkeit. —

---

4. Im Kerker.

Und sie kam, die traurige Stunde kam,
Da man dem Edlen die Freiheit nahm,
Da ihn ereilte das herbe Verhängniß.
Wir finden ihn schmachten im düstern Gefängniß
Wo nur die ewige Lehre des Herrn
Sein Licht, nachdem erloschen sein „Stern!" —
Und siehe! da führt man auch Papus herein;
Ihn zog man ob eitlen Verdachtes ein,
Und der Rabbi lächelt als er ihn schaut,
Doch Jener weinet und klaget laut:
„Weh mir, dem um Eitles man Tod bereitet;
Heil Dir, der für Ewiges, Göttliches leidet!" —

Und die Jünger, die um den Meister trauern,
Umschleichen vermummt des Kerkers Mauern.
In räthselhaft verschleierndem Wort
Erfragend so manche Lösung dort,
Nach welcher dürsten die Lerngenossen,
Da ihnen der Urquell der Lehre verschlossen.

Und wieder in Räthsel's verhüllendem Kleid
Gibt ihnen der Meister getreuen Bescheid;
So lang ihm noch Tag ist zu leuchten bedacht,
Sein Lehramt schließt erst mit sinkender Nacht.

5. Todesgang und Verklärung.

O Tag, du schauriger Unheilstag,
Den nicht die Sonne bestrahlen mag,
Hüll' dich in Nacht und finsteres Schweigen!
Soll ich die flammende Lohe euch zeigen,
Wo über den Haß, der den Leib verzehrt,
Die Seele sich triumphirend verklärt? —
O Menschen, die ihr die Menschheit entsetzt,
Das Thier in euch auf den Menschen hetzt,
Ach! wann wird Göttlichkeit überwiegen
Und der Mensch in euch das Thier besiegen?

Da führen sie den Besten hinaus,
Der so lange erleuchtet Jakob's Haus;
Der gesprochen das Wort: in der Liebe des Nächsten
Verklärt sich in Gott die Menschheit am Höchsten,
Für ihn wird der Flammenberg entzündet;
Und der feurige Worte des Himmels verkündet,
Ihn werden die irdischen Gluthen verzehren! —
Doch es steigen seine göttlichen Lehren,
Wie Funken empor zur Aetherferne,
Und setzen sich fest dort, als heilige Sterne,

Um einst zu leuchten wieder der Erde,
Daß Licht und Freiheit und Frieden ihr werde. —
Ein solches Gefühl, an der Zukunft erglüht,
Das mochte des Glaubenshelden Gemüth
Erleuchten — sein Auge strahlt klar und heiter! —
Da fragt ihn Einer seiner Begleiter,
Ein dienender Scherge vom Henkeramt,
In dem noch ein Funke des Mitleids flammt:
Ha, Meister! im Anschau'n der Todesgefahr,
Da leuchtet Dein Auge noch freudig und klar?
Und der Rabbi erwiedert: „es steht geschrieben:
Du sollst Deinen Gott, den Ewigen, lieben
Mit Herz und mit Seel und Vermögen ganz!
Das ist der Pflichten Gipfel und Glanz,
Das Herz und die Kraft und das ganze Leben
Dem Dienste des Höchsten frei hingeben.
Jetzt leuchtet das Opfer, jetzt winket die Pflicht,
Und freuen sollte mein Geist sich nicht?
So schritt er zum Tode, und mit „echad"
Betritt sein Geist den ewigen Pfad.
„Hör, Israel, der Herr ist einzig!"
Und seine große Seele vereint sich
Dem Lebensurquell im heiligen Licht;
Er steht vor Gottes Angesicht.
Und die Engel rufen: willkommen! willkommen!
Zu himmlischen Wonnen aufgenommen,
Heil Dir, Akiba! geläutert, rein,
Gingst Du mit „echad" zur Seligkeit ein!" —

6. „Schema Jisraël.“

„Schema Jisraël!“ Du heiliges Lied,
Das durch die Jahrtausende mit uns zieht;
Das getragen unsere Sänger und Seher,
Das gerüstet unsere Hasmonäer
In dem wir erstarken, wann wir geschwächt,
Das uns verbriefet das Menschenrecht,
Das Israel hielt im treuen Verein,
Um einst Messias der Menschheit zu sein:
Wir grüßen Dich heilig am Feueraltar,
Wo Rabbi Akiba das Opfer war.
Wir schwören, Dir ewig treu zu sein,
Bis alle Menschen ein Bruderverein;
Bis keine Opferstätte mehr raucht;
Bis Glaubenseifer den Odem verhaucht,
Womit er, von keinem Mitleid gerührt,
Die Feindschaft unter den Brüdern schürt;
Bis Spieß und Speer Gott schlägt zusammen,
Streitwagen alle verzehrt in Flammen;
Bis in der Wahrheit einig die Erde,
Im Licht ihr Freiheit und Frieden werde! —
Wir hoffen, wir harren; die Zeit wird kommen —
Heil Rabbi Akiba, dem Heldenfrommen! —

XI

Der dankbare Wanderer.

Ein edler Rabbi fand Einkehr und Rast
Bei einem Reichen als armer Gast;
Und Lager und Tisch, und Stuhl und Licht
Gab man ihm mit freundlichem Angesicht.
Wie liebvoll doch Alle im Hause ihm nahten!
Er ward zum Bleiben auf Sabbath geladen,
Zu doppeltem Brod und strahlendem Wein;
Die schönste Hausfrau schenkte ihm ein,
Und Kinderchen, eine lustige Reih,
Sie riefen zum Sabbath das Glück herbei,
Das kam und wohnte in ihren Mienen —
Kein Paradies war so schön je erschienen! —

Und als der Sabbath nun Abschied nahm,
Und auch der Sonntag=Morgen kam,
Erhielt der Gast noch ein reiches Geschenk,
Mit dem Gruß: „bleib unser eingedenk!"
Da sprach der Rabbi: „Herr, wolle gestatten,
Bevor ich scheide aus Deinem Schatten,
Wo mich so schöne Tage beglückt,
Wo guter Menschen Glück mich erquickt,

Daß eine Geschichte als Dank ich erzähle,
Und diese Form zum Segen mir wähle!"

Da sprach der Hausherr: „das wolln wir gewähren;
Da gute Geschichten sich lieblich anhören." —
Und auch die Hausfrau trat freundlich heran;
Und die Kinderchen schaarten sich um den Mann;
Denn ein Geschichtchen, o. hohe Freude!
Das lieben vor Allem die kleinen Leute. —

Und also der scheidende Gast begann:
„Es war einmal ein Wandersmann,
Der zog des Weges mit schwerem Gemüth.
Die Sonne vom ehernen Himmel glüht;
Und er zog durch die Oede seit vielen Stunden
Und hat nicht Gab und nicht Labsal gefunden,
Kein Schlücklein Wasser, kein Bröselein Brod,
Zu mindern des bitteren Mangels Noth.
Und es wanken die Kniee, er drohet zu sinken
Und er seufzt: „o wer gäb mir ein Tröpflein zu trinken!"
Es entweichet das Leben, es schwindet die Kraft —
Bis zum Tode ist mir die Seele erschlafft!"
Und wie zur Verzweiflung sich senket der Schmerz,
Wie zum letzten Gebete aufblickt das Herz — —
Da schaut er am Wege den prächtigsten Baum,
Beschattend sammtgrünen, gar herrlichen Raum;
Und unter den Blättern da lachen die Früchte,
Geborgen im goldenen Sonnenlichte;

4

Und aus dichtem Gezweige schallet hervor
Der Vögelein tausendstimmiger Chor;
Und durch die Wipfel ein Lufthauch weht,
Das flüstert wie ein andächtig Gebet.
Und nahe dem Baume murmelt die Quelle,
Die wird zum perlenden Bächlein schnelle;
Das hüpfet und springet und eilet dahin,
Und: „hasche mich" ruft es mit munterem Sinn. —

Da kehret dem Wanderer die Seele zurück;
Tief athmet er auf und Gebet wird sein Blick. —
Und er labet sich mit belebendem Trank
Und bricht die Früchte mit heiligem Dank;
So innig klang nie der preisende Ruf,
Daß Gott die Früchte des Baumes erschuf;
Und vergisset auch nicht das Gebet zum Schluß,
Zum Herrn zu senden den dankenden Gruß,
Der begnadiget uns mit so vielen Gaben,
Von lieblichen Bäumen die Herzen zu laben! —

Wie fühlt sich der arme Wandrer so reich,
So frisch und so froh, und so fromm zugleich! —
Und nun legt er zur süßen Ruhe sich nieder
Und dehnet die wiedergewonnenen Glieder.
Und es plaudert und singet das Bächlein ihn ein,
Und vom Baum schallen heller die Melodein;
Denn die himmlischen Töne entzücken die Satten,
Indeß sie mit Wehmuth erklingen den Matten.
Und als er erwacht, wie fühlt er sich stark,
Erkräftigt von frischem Lebensmark.

Da stehet er nun auf schwellendem Raum
Und schauet und spricht zu dem himmlischen Baum:
„O Baum, der Du das entschwindende Leben
Mit Gott mir wieder zurückgegeben,
Gabst Trank mir und Speise und labende Rast.
Was wünsch ich Dir dankend, was Du noch nicht hast?
Hier stehst Du im Sonnenstrahle geschmückt,
Die Wurzeln von kühlenden Fluthen erquickt;
Und Deine Früchte die besten im Land,
Du selbst ringsum mit Verehrung genannt,
Ein Gotteshaus dem dankenden Gast —
Was wünschte ich Dir, das Du noch nicht hast? —
O daß die Schößlinge Dir entnommen,
In fruchtbarem Boden zu Wurzeln gekommen,
Dir alle, Herrlichster, gleichen mögen
An blühendem Wachsthum und spendendem Segen!" —

So sprach er, so dankt er, so zollte er Segen — —
Und Solches, o Freunde, bring ich Euch entgegen! —
Ihr habt mich so reichlich, so liebvoll gelabt;
Was wünscht' ich Euch dankend, das Ihr nicht schon habt?
Schön pranget dies Haus; Ihr, rüstig, gesund,
Thut Hoffnung auf langes Leben kund;
Die holde Gattin dem Gatten zur Seite,
In den lieblichen Kleinen beseligt Ihr Beide,
In erquickten Armen selbst reich erquickt —
Was wünschte ich Euch, das nicht schon Euch beglückt?
Ihr Knäblein, ihr Mägdlein, ihr Kinder zusammen,
Die solchem Elternpaar' entstammen,

4*

O mögt Ihr dem Vater, der Mutter einst gleichen
Und ihnen den Segen des Segens reichen!" —

Und er legt den Kleinen auf's Haupt die Hand,
Indeß sich dem Auge die Thräne entwand.
Die Eltern stehen gerührt und stumm —
Die Kinderschaar weint, und weiß nicht warum —
Ich weiß es — sie weint, weil ein Strahl sie entzündet,
Der unbewußt Gegenwart Gottes verkündet. —

———————❋———————

XII.

Die Kräfte des Weines.

Als Noah den ersten Weinberg gepflanzt,
Da kam der Satan gehüpft und getanzt,
Ein muntrer Geselle und heitrer Kumpan,
Und also hub er zu reden an:
„Wie geht es, Alterchen? Frisch noch, gesund?
Und was gräbst Du hier auf jungfräulichem Grund?" —
Sprach Noah: „ich hab eine Rebe gefunden,
Die scheint mir himmlische Kraft zu bekunden;
Die Frucht schmeckt so sonnig, so wonnig und süß,
Die stammet gewiß aus dem Paradies!" —

Ei sieh, grinst Jener — die Mutter vom Wein;
Die setzest mit Fug sorgfältig Du ein!
Ja sie verdienet Apotheose
Und stiftet auf Erden viel Metamorphose.
Was sprichst Du? fragt Noah; das ist wohl chaldäisch?
Das verstehe ich nicht, sprich doch hebräisch! —
'S ist griechisch, lacht Jener, die Sprache der Weisen,
Und die Worte wollen den Wein lobpreisen,
Daß er es verdiene, vergöttert zu werden;
Denn Wandlungen schafft er, ein Gott auf Erden.
Gefällt Dir's, will ich behilflich Dir sein,
Und kosten einst sollst Du Götterwein. —
Ich stamme, ein Geist, aus dem Unterland,
Bin Menschenkindern gerne zur Hand
Und pflanze sinnentzückende Lust,
Ein himmlisch Gewächs, in die irdische Brust.
Drauf Noah: ich will Dir gewähren;
Und der Andere spricht: Du darfst mich nicht stören! —
Und schnell verschwindet der seltsame Gast,
Doch ehe Du drei gezählet hast,
Ist wieder er da, und der Thiere drei
Führt er an einer Leine herbei,
Ein Lamm, einen Löwen, und ein Thier, das nennt
Nicht gerne der Mund, ob auch Jeder es kennt;
Ein Thier, das Du als Jude nicht hältst,
Weil es im Schlamm und Schmutze sich wälzt.

Und er schlachtet mit sonderbaren Geberden
Die Thiere, vergießend ihr Blut zur Erden;

Und ineinander er menget und mischt
Und das Blut in die Wurzeln rinnet und zischt.
Und Vater Noah staunet und fragt:
Was soll das bedeuten? Und der Andere sagt:
Wart' nur, bis der Wein es Dir selbst verkündet —
Er spricht es hohnlächelnd — und verschwindet. —

Nun denn! — Uns längst hat verkündet der Wein,
Was soll die Bedeutung der Thiere sein! —
Der erste Becher gibt Lammessinn,
Und Milde und Sanftmuth sind Dein Gewinn.
Der Wein erhebt Dich und lindert den Schmerz,
Und Güte und Wohlwoll'n erfüllen Dein Herz. —
Der zweite Becher gibt Löwenmuth,
Und Dich durchglüht es wie Gottes Gluth;
Zu allem Großen fühlst Du dich entflammt,
Als wärst Du Heroengeschlechtern entstammt. —
Nun ist es genug, jetzt, Bruder, halt ein;
Versuche nicht ferner die Kräfte im Wein!
Der dritte Becher, und was noch kommt,
Der Milde nicht und dem Heldenthum frommt.
Die gemeine Natur erwacht, und die Gier
Nach Sinnengenuß erniedrigt zum Thier,
Das Ebenbild Gottes schau dort in der Gosse,
Und neben ihm schnüffelt und grunzt sein Genosse,
Jetzt siehst Du die Wirkung des Satans im Wein —
Die Trunksucht gesellet den Menschen zum — —

XIII.

David und der Froschkönig.

Und es ward Morgen; vom Himmel klar
Noch schimmert und flimmert der Sterne Schaar;
Im frischen Morgenhauch zittert der Halm —
Und seinen einhundertundfünfzigsten Psalm,
Mit allen den Liedern, schön und vollendet,
Hat David mit stolzem Gefühle beendet.
Wer, spricht er, hat jemals Solches gedichtet?
Ein ähnlich Denkmal dem Schöpfer errichtet?
Hin durch Jahrtausende wird es schallen;
Mein Spiel und mein Sang wird Gott gefallen.
Ich ruf' die Natur auf, nahe und fern,
Und Alles, was Odem hat, lobe den Herrn!

Und als er so sprach, da wurden im Bach
Die vereinigten Chöre der Frösche wach.
Und David waren gründlich vertraut
Die Sprachen der Thiere, in jeglichem Laut;
Und der Frösche König, der Führer im Chor,
Rief also zum Psalmensänger empor:

„O Mensch, Du glaubst, Du, stolzer denn Alle,
Daß am meisten dem Schöpfer Dein Lied gefalle?
Selbstsüchtiger! — Wenn ich des Morgens anhebe,
Der Erste die todte Schöpfung belebe,

Dann schweigen die Engel und hören auf mich,
Und keiner der besten Sänger bin ich! —
Horch! horch! — Dort aus dem Eichenwald
Der Ruf des Meisters Kuckuck schallt;
Ich und die Vasallen, die unter mir,
Der Stimmen mancherlei haben wir,
Doch Jener hat nur den einzigen Ton,
Und dennoch gefällt er dem Herrn auf dem Thron! —
Nun schmettert darein der ganze Chor;
Die Lerche wirbelt zum Aether empor;
Die Nachtigall schlägt so wunderbar,
Bringt Gott das schönste der Lieder dar;
Und die Bäume, wie rauschen und brausen sie,
Und Alles spricht Ehre und Harmonie! —
Und Gott hat die Lieder uns selbst gelehrt;
In Ewigkeit treu wird von uns er verehrt;
Indeß der Mensch, der Frevler an Gott,
Uebt Abfall und tausendfältigen Spott.
Gedenkst Du, o König, der Missethat,
Wozu Dich verlocket des Herzens Rath? —
O Mensch, o Mensch! wie schön Du auch singest,
Du bist es, der Mißton in's Weltall Du bringest! —
Auf, Brüder, und singet! Preist Gott: Qua, qua!
Und stimmt in das große Hallelujah!" —

Und David steht ernst und sinnet darob
Und denkt: „mein Schweigen, Herr, ist Dein Lob!" —
Doch Natur jauchzt freudig nahe und fern,
Und Alles, was Odem hat, lobet den Herrn.

XIV.

Halte Dich bereit!

(Talmud Sabbath 153, 1.)

O göttlicher Spruch: „jei immer bereit!" —
Und Deine Gewänder allezeit
Halt' blank und weiß und fleckenrein,
Um, wann man Dich rufe, gerüstet zu sein! —

*   *

Ein König hat einst, in fürstlichen Gnaden,
Zu einem großen Gastmahl geladen,
Doch den Tag nicht bestimmt, wann zu den Stufen
Des Thrones er wolle die Gäste berufen.
Da sprachen die Klugen: „in Königs Hauje
Was fehlte da jemals zum fürstlichen Schmauje?
So kann unerwartet die Ladung kommen;
Drum seid stets bereit; das wird Euch frommen."
Die Thoren doch sprachen: „gibt je es ein Fest,
Wozu man vorher nicht richten läßt?
Wann Solches geschieht, dann ist es noch Zeit,
Zu rüsten mit Muße das Feierkleid."

Und siehe da! plötzlich berief zum Feste
Der König seine geladenen Gäste;

Da erschienen die Klugen im Feiergewande,
Die Thoren aber standen in Schande;
Und der König rief: „ihr trägen Genossen,
Hinweg! vom Feste seid ausgeschlossen!" —

*   *

O Mensch, wie schnell kann der Ruf ergehen,
Du sollst vor dem König der Könige stehen!
Drum denke des Wortes: sei stets bereit,
Gerüstet zum Feste Dein Ehrenkleid.

———※———

XV.

Das Gleichniß vom Seelengewande.

(Talm. Sabbath 152, 2.)

Ein König, an Huld und an Güte reich,
Hielt seine fürstlichen Diener gleich;
Mit einem Gewande von hohem Preise
Beschenkt er sie einst auf dieselbe Weise.
Und die Klugen riefen: „o herrliche Gabe,
Du seiest stets unsere theuerste Habe;
In das beste Behältniß woll'n wir Dich legen,
Wie das Kindlein unseres Auges Dich hegen" —

So behielt das Gewand den himmlischen Schimmer,
Wie sie es erhielten, so rein blieb es immer.
Doch die Thoren ohne Sinn und Verstand,
Gebrauchten zur Arbeit das schöne Gewand;
Kein Tag, fast keine Stunde verging,
Daß es nicht neue Flecken empfing.

Da ließ der König den Ruf ergehen,
Er wolle einmal die Gewänder sehen,
Die er in solcher Schönheit und Pracht
Zum Geschenke jeglichem Diener gemacht.
Da standen die Klugen, ihr Kleid so rein,
Wie der ungetrübte Sonnenschein.
Doch das der Andern, so thöricht mißbraucht,
Erschien in Schmutz und Schmach getaucht.
Da rief der König: heil Euch, ihr Getreuen,
Ihr mögt Euch des Kleids und der Gnade erfreuen!
Ihr aber sollt im Gefängniß schmachten,
Und Euere Thorheit soll Euch umnachten;
Doch euer Gewand von so reinem Stoffe,
Das soll geläutert werden — ich hoffe,
Wann wieder Ihr Kleid und Gnade erhaltet,
Daß besser der hohen Güter Ihr waltet!" —

*   *

Mein Sohn, die Seele, die reine, die klare
Wie Du sie empfangen, so rein sie bewahre;
Die getrübte muß wieder geläutert werden —
Bewahre uns Gott vor Leiden auf Erden! —

XVI.

Du selbst — kein Vermittler.

(Talm. Aboda sara. 17, 1.)

Ein Sünder gar groß war Ben-Dordāja;
Nie kam ein Gefühl der Reue ihm nah.
Wild flammte in seiner Brust ein Vulcan,
Und der Leidenschaft sturmentflammter Orcan
Trieb wie ein Blatt ihn unstät umher
Von Lande zu Lande, von Meer zu Meer;
Mit Gold bestreut' er des Lasters Bahn,
Und es gab keine Sünde, die er nicht gethan.

Da sprach einst zu ihm ein niedriges Weib:
Du arger Sünder an Seele und Leib,
So wenig der Hauch zum Mund wiederkehrt,
So wenig wird je dir Vergebung gewährt!

Und grade dies Wort aus niederem Mund
That eine gewaltige Wirkung kund.
Wie finsteren Wolken der Blitz entzückt,
Daß dein Auge die Nacht in der Nacht erblickt;
Wie dem Sumpfe das irrende Licht entsteigt,
Das dir noch dunkler das Dunkel zeigt:
Stieg jenes Wort aus der Hölle herauf
Und deckte dem Frevler den Abgrund auf. —

Und im Wahnsinn stürmt er hinaus auf die Flur
Und ruft als Vermittler auf die Natur:
„Ihr Berge, ihr Hügel, in mächtigen Reihen,
O betet, daß Gott mir möge verzeihen!"
Sie sprechen: „und könnten wir dich vertreten,
So würden zunächst für uns selbst wir beten;
Denn es heißt: einst werden die Hügel vergehen
Und erschüttert werden die Bergeshöhen."
Und er flehet: „Du Himmel, Du gnädige Erde,
O betet, daß mir vergeben werde!"
Sie sprechen: „und könnten wir Dich vertreten,
So würden zunächst für uns selbst wir beten;
Denn es heißt: die Erde zerreißt, wie ein Kleid,
Und wie Rauch zerstieben die Himmel weit."
Und nun ruft er: „Du Sonne, Du Mond voll Huld,
O betet, daß Gott mir erlasse die Schuld!"
Sie sprechen: „und könnten wir Dich vertreten
So würden zunächst für uns selbst wir beten;
Denn es heißt: einst bleichet der Sonne Licht,
Und beschämt wird des Mondes Angesicht."
Und er bittet: „ihr Sterne, so mild und gütig,
O betet, daß Gott mir sei langmüthig!"
Sie sprechen: „und könnten wir dich vertreten,
So würden zunächst für uns selbst wir beten;
Denn es heißt: die Heere in Himmels Höhen,
Sie werden einst alle in Staub zergehen!"

Da rief er: „ihr Alle, unmächtig seit ihr!
An Wem liegt die Sache? — An mir, nur an mir! —

In meine Seele ward Kraft gegeben,
Mich selbst 'aus mir selbst zu Gott zu erheben.
Ich kniee zermalmt an seinem Thron:
Erbarmen, Vater! sieh' Deinen Sohn!
Ich habe an Dir gesündigt so schwer;
Und wenn Deine Huld, Dein Erbarmen nicht wär,
Ich müßte in meiner Schuld versinken
Und tief im Strom Belijáals ertrinken.
O reich mir die Hand! o zieh mich empor,
Und öffne mir Deiner Erbarmung Thor!"

Und als er so sprach, schwand ihm die Natur;
Er sah den Pfad, den einzigen, nur,
Der emporzieht über unzählige Grade —
Wie Saphir hoch oben leuchtet es: **Gnade!**
Da ward sein innerster Urquell erschlossen,
Und Ströme von Thränen hat er vergossen,
Bis seine Seele in Gott sich erneute.
Was jetzt er weinte, war's Schmerz? war's Freude?
Sein Unsterbliches ward geläutert wie Gold,
Und dem Sterblichen als den Tribut er gezollt,
Da ist eine Stimme vom Himmel ergangen:
„Ben-Dordája wurde zu Gnaden empfangen!"

XVII.

Der „Jezer hăra.“

Als an Babylons Strömen die Thränen verrannen,
Den Vertriebenen bessere Tage begannen,
Mit Gunst der persischen Fürsten das Haus
Des Herrn stieg neu aus dem Schutte heraus:
Da haben die Weisen nachgespüret,
Woher einst die großen Uebel gerühret,
Die in Israel Glauben und Sitten zerstöret
Und Land und Volk und Tempel verheeret?
Und ein Aeltester sprach, ein heiliger Greis,
An Jahren weise, an Haaren weiß:
„Das hat der Jezer hăra gethan,
Der höllische Geist, der sündige Wahn,
Der als böser Trieb und verlockende Lust
Bethöret der armen Menschen Brust.
Vermögt Ihr den Jezer hăra zu bannen,
Dann eilen von selbst die Uebel von dannen.“ —

Und im Kreise saßen die Höchstgelahrten,
Die noch altsalomonische Weisheit bewahrten,
Mit dem heiligen vierbuchstabigen Namen
Die mächtigsten Geister zu Sclaven bekamen.
Und schnell war die Beschwörung ergangen;
Der Jezer hăra ward wirklich gefangen,

In den Kasten gesperrt — die Freude war groß! —
Petschiert mit dem Siegelring Salomos. —

Doch siehe! als Solches geschehen war,
Da trat eine Wandlung ein, wunderbar.
Als ob ein Schlag sie plötzlich traf,
Lag es wie ein betäubender Schlaf
Auf allen Geschöpfen wild und zahm;
Die ganze Natur war flügellahm.
Verstummt sind der Vögel muntere Lieder;
Sie senkten wie vor dem Sturm das Gefieder.
Das feurige Roß schleicht kraftlos einher;
Die Rehe im Walde springen nicht mehr,
Und auf dem Markte steht still das Gewerbe;
Als ob der Puls der Schöpfung ersterbe,
Ist Alles in sich selbst versunken,
Mattherzig, schlaff und schlummertrunken.
Was ist Das? tönt es von Munde zu Munde;
Sitzt Gott zu Gericht? gehn wir zu Grunde?
Ist Das die Schwüle vor seinem Wetter?
O steh uns bei! Hilf, himmlischer Retter!

Und berufen wurden die siebenzig Alten
Und als sie gar ängstlich Berathung gehalten,
Trat ein Maleachi, der letzte Prophete,
Und flammend aus Gott sprach er die Rede:
„Ihr habt den Jezer hära gefangen —
Wißt Ihr, daß Frevel Ihr schwer begangen?

Treibt Ihr mit der göttlichen Weisheit Spott,
Wollt klüger sein als der Herr, unser Gott?
Der Jezer hâra, das ist die Kraft,
Die aus dem Bösen das Gute schafft.
Genüber dem Haß triumphiret die Liebe,
Selbstsucht besiegen wohlwollende Triebe;
Das Schifflein bietet den Stürmen Trutz,
Gesteuert von Gier und von Eigennutz,
Und füget dennoch in göttlichen Flammen
Die Meere und Länder und Völker zusammen;
Und aus dem Kampfe der Gegensätze
Zieht Mensch und Menschheit die reichsten Schätze.
Drum löst das salomonische Siegel!
Dem Jezer hâra nicht Bann — nein, Zügel,
Daß unter dem Sporn, auf rechtem Geleise,
Begier als edles Roß sich erweise,
Froh tragend den Willen mit feurigem Muth —
Im Reiche Gottes ist Alles gut!" —

Und wie er gesprochen, also es geschah;
Entlassen wurde Jezer hâra,
Und froh aus den Lüften tönten die Lieder;
Das Rößlein rannte und wieherte wieder;
Das Rehlein im Walde hüpfte und sprang,
Und die Menschen folgten dem mächtigen Drang,
Der aus der schöpferisch treibenden Kraft
Bewegung, und aus ihr das Leben schafft;
Und bis zu der Zeit unermeßlichem Ziel
Wird Jezer hâra wohl treiben sein Spiel.

XVIII.

Vertragt euch im Licht!

Als Gott der Herr mit heiligem Ruf
Einst Himmel und Erde so herrlich schuf,
Hat er die zwei großen Leuchten gemacht,
Die Sonn und den Mond in gleicher Pracht,
Daß sie mit den Strahlen, den glänzend vollen,
Abwechselnd die Welt beherrschen sollen,
Doch der Mond war ein mißgünst'ger Geselle,
Und Abends im Osten war längst er zur Stelle,
Als noch an des Himmels westlichem Rand
Die Sonne in vollen Gluthen stand.
Und als die Sonne vor Gott geklagt,
Daß in ihre Sphäre der Mond sich gewagt,
Sprach dieser: „zwei Herrscher bedarf es nicht!
Ich allein versorge die Welt mit Licht.“
Und der Vater der ew'gen Gerechtigkeit,
Er zürnet und ahndet den sträflichen Neid;
Und seines Wortes erhabne Gewalt
Vermindert des Mondes Strahlengestalt:
„Und wollte dir gleiches Licht nicht behagen,
So sollst du den Anblick des größeren tragen,
Indeß du blaß und beschämt hier stehest
Und der Sonne leuchtende Herrlichkeit sehest!“ :—

Da rief der Mond, von Reue beseelet:
„Barmherziger Vater, ich habe gefehlet;
Vergib! Soll ich denn vor meinem Gefährten
Am Himmel gänzlich zu Schanden werden?"

Da sprach der gnädige Herr der Welt:
„Dir werden die Sterne beigesellt;
Und schön sei auch Nachts des Lichtes Reich;
Und kommt es nicht jenem der Sonne gleich,
Sei dieß sein Vorzug, der himmlisch verklärte,
Daß nicht dem Gefährten feind der Gefährte;
Daß brüderlich Stern den Stern erträgt,
Sich leuchtend auf eigener Bahn bewegt,
Indeß sie alle das himmlische Ganze
Erhöhn in zusammenströmendem Glanze." —

Und so waltet der Mond am Himmelsgefilde,
Ein Herrscher bescheiden, und sanft und milde;
Und das kleine Völklein, das Gott erwählt,
Nach dem Monde die heiligen Feste zählt,
Beginnend mit den Stunden der Nacht,
Wann Sterne verkünden des Höchsten Pracht,
Und der Chor der Söhne des Himmels spricht:
„Gelobt sei Gott und sein Name im Licht!"

XIX.

Onias, der Kreisler.

(Epimenides v Creta.)

(Choni hamagal.)

———

Talm. Taanith. 19, 1. 23, 1.

Einst lebte Onias, der Kreisler genannt,
Ein Rabbi, als Wunderthäter bekannt.
Warum ward der Mann der „Kreisler" geheißen?
Ihr möget seine Frömmigkeit preisen,
Wie unwiderstehlich war sein Gebet,
Wann immer Onias um Regen gefleht.
Da zirkelt im Sand er einen Kreis
Und stellte sich drein und flehte so heiß,
So inniglich, bis man den Regen vernahm,
Der in Tropfen, und dann in Strömen kam.

Doch Dieses nicht blos, nein! Alles war
Im Leben des Mannes wunderbar.
Ich erzähle, daß Euer Ohr sich labe,
Getreu wie ich es gelesen habe;
Und glaubt Ihr, daß es nicht glaublich sei,
So stehet Euch wohl ein Kopfschütteln frei,

Doch gesteht, daß der Baum der alten Sage
Noch immer erquickliche Früchte trage.

So hört! Onias ging einst aufs Feld,
Wo ein junger Gärtner Bäume bestellt,
Sorgfältig besonders im freien Raum
Einpflanzte einen Brodfruchtbaum.
Da fragte der Rabbi den Arbeitsmann,
Wie lang so ein Baum wohl brauchen kann,
Bis mit der Früchte reichstem Ertrag
Die Mühe des Pflegers er lohnen mag?
Herr, sprach der Landmann, manch Jährlein verstreicht,
Bis er nur die ersten Früchte reicht,
Doch bis er im reichsten Ertrag wird stehen,
Da mögen wohl siebenzig Jahre vergehen.
„Und Du bemühst' Dich um einen Baum,
Den Deine Kinder genießen kaum?"
„Ei, Herr! Großvater hat Bäume gesetzt,
Die seine Enkel erfreuen jetzt;
Wie sollten nicht wir auch Bäume setzen,
Woran sich unsere Enkel ergötzen?" —

Und der Tag war heiß, und wie tief in der Nacht
Fällt Schlaf auf Onias mit großer Macht;
Und er lagert im Grünen, und rings im Kreis,
Ein Wunder, dem Wunderthäter zum Preis,
Erheben sich Steine auf Steine zu Hauf
Und thürmen zum Felsenwalle sich auf.

Drin ruhte der fromme Kreisler und schlief,
Und schlief und schlief — so tief, ja so tief,
Bis er geschlafen, — ihr zweifelt wohl gar? —
In Einem Zuge siebenzig Jahr. — —
Und wie er erwacht und die Augen sich reibt,
Er starr und stumm vor Erstaunen bleibt.
Da streckt ja die Zweige hinaus in den Raum
Der reichbeladene Brodfruchtbaum,
Und von den Zweigen sammelt behend
Ein Gärtner, den er für den Pflanzer erkennt:
„Ha! ist es ein Wunder, ist es ein Traum?
Verflossen sind einige Stunden kaum
Daß Du den Baum in den Grund gesetzt,
Und herrlich und hoch bewundr' ich ihn jetzt!"
Da belachte der Gärtner des Schläfers Wahn:
„Den Baum hat gesetzt mein seliger Ahn;
Und dort kommt mein alter Vater am Stabe,
Der damals gewesen ein zarter Knabe
Und jetzt fast achtzig Jahre zählt!"
Und Jeder der Beiden meint, es fehlt
An Verstand dem Andern und schüttelt das Haupt.

Und Onias, der seinen Sinnen nicht glaubt,
Geht in die Stadt und kennt sie nicht mehr.
Denn wo einst Hütten standen umher,
Da ragen Prachtbauten, Haus an Haus,
Und fremde Gesichter schauen heraus.
Und er kommt an sein Haus und kennet es nicht —
Doch dort steht ein Mägdlein mit holdem Gesicht;

Ei, Martha, ruft er, mein Töchterlein!
Komm her — was siehst Du so fremd darein?
Kennst Du den Vater Onias nicht!"
Doch lächelnd das artige Mädchen spricht:
„Mein Vater wird Rabbi Simon geheißen,
Großvater nannten sie Juda den Weisen.
Der Urgroßvater Onias hieß;
Der sitzet schon lange im Paradies.
Von ihm steht in den Büchern zu lesen,
Er sei ein gar heiliger Mann gewesen.
Er hieß auch der Kreisler; denn einen Kreis
Zog er in den Sand; drin stand er mit Fleiß
Und flehte um Regen, bis dieser kam,
Und man Tropfen, dann strömende Güsse vernahm.
Er ward lebendig zu Gott erhoben
Und wohnt jetzt im siebenten Himmel droben."

Und Onias schmerzlich nach oben blickt,
Und im Auge er eine Thräne zerdrückt:
„Mein Weib, meine Eltern und Kinder dahin —
Mein Herz schlägt noch! — ist Leben Gewinn,
Wenn Alles der dunkle Grund bedeckt,
Was uns zu Licht und Freude geweckt?" —
Und ihn treibt es zur Schule, wo oft er geweilt
Und gerühmten Bescheid im Gesetze ertheilt;
Man behandelt eine der wichtigsten Fragen —
Da hört er den Meister der Schule sagen:
„Onias, der Kreisler, mit ihm sei Frieden,
Hat einst in diesem Sinne entschieden."

Ach, wie ihn dies Wort in der Seele sticht!
Und er tritt in das Schulhaus rasch und spricht:
„Onias, der Kreisler, der bin ich!
Dünkt schwer Euch die Frage, so stellt sie an mich!" —
Da erhebt sich der Lehrer von seinem Sitz;
Mann, ruft er zürnend, laß Deinen Witz,
Und lasse die Schule, und laß den Spott
Mit heiligen Dingen, sonst strafe Dich Gott!
„Du sollst nicht lügen", heißt sein Gebot;
Und Onias ist siebenzig Jahre todt.

Da wanket der Arme zur Thür hinaus
Und bricht in bittere Klagen aus:
„Gebannt, verkannt, gemieden, verdammt,
Weil meine Weisheit von gestern stammt?
Weh mir! bin ich ein lebendiges Grab,
Der ich mein Jahrhundert verträumet hab?
Die Freunde, die ich, die mich geliebt,
Mit denen ich freudige Pflichten geübt,
Wo sind sie? Ich fühl's, wie Verzweiflung droht;
Herr, gib mir Gesellschaft oder Tod!" —

Und als er dies sprach, wie ein Blitz es ihn traf,
Und das war der Tod, das war kein Schlaf.
Man begrub ihn und fragte: „wer war Der?" —
Als ob er ein Mährchen gewesen wär! —

XX.

Hillel.

(Talm. Sabbath 31, 1.)

Hillel war ein Mann voll Sanftmuth und Huld,
Doch der Tugenden Krone war seine Geduld.
Sprichwörtlich bis auf den heutigen Tag,
Wenn einen Menschen man rühmen mag
Ob seiner Langmuth, der herrlichsten Gabe,
So sagt man, daß „Hillels Geduld" er habe. —

Wie schön doch belohnt sich auf Erden das Gute!
Daß Hillel einst war von so mildem Blute,
Das trägt in einem unsterblichen Wort
Sein Gedächtniß durch die Jahrtausende fort.

Einst saßen Juden und Heiden im Kreise,
Und das Lob ertönte zu Hillels Preise,
Wie keinem Versucher es je gelinge,
Daß aus der Fassung den Weisen er bringe.
Da erhebt sich ein Heide von seinem Sitze,
Ein reicher Kumpan, von gewiegtem Witze,
Und keck schaut er die Versammlung sich an:
„Vierhundert Silberling setz' ich daran;

Es muß gelingen — wer wettet mit mir? —
Daß die Geduld der Geduldsmann verlier'!"
Und die Wette ward in der That bestellt
Und hinterlegt das doppelte Geld.

In Jerusalem damals war auf dem Thron
Das Gottesgesetz im Synedrion;
Und die Fürsten der Lehre, die führenden Weisen,
Sie waren Hillel und Schammai geheißen.
Mit ihnen begann der Gesetzesstreit;
Denn die Schulen waren so weit entzweit,
Als die Sanftmuth Hillels, zum Ruhme erlesen,
Von Schammais herber Natur gewesen.

Und nun war des Heiden Sinnen und Denken,
Die Lehrer Judäas zu necken, zu kränken;
Und seinem Spotte vollauf zu genügen,
Will er sich zuerst zu Schammai verfügen.
Und zu ihm gekommen, hebt also er an:
„Ich verwerfe, o Meister, den Götterwahn
Und bin entschlossen überzutreten
Und Israels Gott allein anzubeten.
Doch macht das Gesetz mir Scrupel dabei,
Ob ihm zu genügen ich fähig sei.
Drum lehr' mich's, ich bitte, daß sicher ich gehe,
So lang ich auf Einem Fuße stehe!" —
Elender, zürnt Schammai, fort aus dem Haus!
Und er treibt mit dem Stab ihn zur Thüre hinaus.

Da lachet der Schelm ins Fäustchen sich:
„Zu Hillel, zu Hillel — gewonnen hab ich!" —

Und er kommt zu dem Weisen, und so hebt er an:
„Ich verachte, o Meister, den Götterwahn
Und Jude zu werden heg' ich den Willen;
Doch kann ich auch Euer Gesetz erfüllen?
So lehre mich's doch, daß sicher ich gehe,
So lang ich auf Einem Fuße stehe!" —
Und der Weise erwiedert, in Sanftmuth geneigt:
„Was Du verlangest, mein Sohn, das ist leicht:
Du sollst wie Dich selbst den Nächsten lieben;
In diesem Worte ist Alles beschrieben.
Thu nicht dem Nächsten, was Dir mißfiele!
Die Liebe bahnet den Pfad zum Ziele;
Sie ist des Gesetzes göttliche Prägung,
Und alles Andre zu ihr — Auslegung —
Geh hin, und lerne!" Da steht nun der Heide,
Den stachelnden Spott in der eigenen Seite;
Besiegt, beschämt, erzürnt, verstimmt
Ruft er, ob seines Schadens ergrimmt:
„Hillel, der Nasi, bist Du genannt —
Gut, daß nicht Viele, wie Du im Land —
Vierhundert Silberling kostest Du mich! —
Wie? staunete Hillel; was sagst Du? ich Dich? —
„Es galt die Wette, in Zorn Dich zu bringen!" —
„Das, lächelte Hillel, mußte mißlingen;
Und möchtest Du vielmal Vierhunderte wagen,
Hillel wird nie der Geduld entsagen!" —

So übte Hillel die Pflicht am Höchsten,
Da sanft er trug die Schwächen des Nächsten:
Gewonnen vom Worte des weisesten Mundes,
Ist der Heide geworden ein Sohn des Bundes.
Und oft, im gesinnungsgenössischen Kreise,
Sprach er, zu Hillels Ruhm und Preise:
„Die Härte Schammais, die Viele belästigt,
Hat mich im dunklen Irrwahn befestigt;
Doch Hillels Geduld hat erhellt mir die Nacht
Und mich unter die Flügel Gottes gebracht.“

XXI.

Der Engel der Wahrheit.

(Bereschith Rabba, cap. 8.)

Als einst der allmächtige Weltbaumeister
Berathung gepflogen im Chor der Geister
Und sprach: „nun wollen Wir im Erdgefilde
Erschaffen den Menschen nach unserem Bilde,
Als Träger des Geistes dem Himmel verwandt,
Doch „Erdsohn“ nach irdischem Ursprung genannt:“
Da drohten die Himmlischen sich zu entzweien,
Geschaart in zwei mächtige große Parteien.

„Erschaff' ihn," der Engel der Liebe sprach;
„Der Mensch wird streben dem Göttlichen nach.
Ich sehe ihn gründen Werke voll Segen,
Die Hungernden speisen, die Kranken pflegen;
Das Auge in Thränen, das Herz voll Erbarmen,
Mitleidig für Leiden der Brüder erwarmen —
Erschaff' ihn," der Engel der Liebe sprach;
„Der Mensch wird eifern dem Göttlichen nach."

Doch der Engel der Treue rief: „nein, nein!
Nie trete der Mensch ins Leben ein.
Ich seh' ihn die heiligsten Bündnisse brechen;
Ich höre ihn Worte des Truges sprechen.
Die Falschheit wandelt an seiner Seite,
Die Heuchelei in seinem Geleite" —
Und der Engel der Treue rief nochmals: „nein;
Nie trete der Mensch ins Leben ein!"

„Erschaff' ihn," sprach die Gerechtigkeit;
„Er wird stiften das Recht und schlichten den Streit.
Ich seh' ihn den Zaun um das Eigenthum ziehen,
Daß Barbarei und Gewaltthat fliehen.
Das Gesetz wird Städte und Staaten gründen,
Und Ordnung der Menschen Geschlechter verbinden" —
„Erschaff' ihn," spricht die Gerechtigkeit;
„Er stiftet Gesellschaft, harmonisch gereiht."

Doch der Frieden rief: „erschaffe ihn nicht,
Der den Zaun und alle Ordnung durchbricht.

Ich seh' ihn Städte und Staaten verheeren,
Sein Schwert mit dem Blute der Brüder nähren;
Vernichtende Kriege seh ich ihn führen,
Mordbrände von Welttheil zu Welttheil schüren —
O Herr des Lebens! erschaffe ihn nicht,
Der die Ordnung und jeden Zaun durchbricht!" —

Und so stritten, mit widerstrebendem Sinn,
Die himmlischen Schaaren her und hin.

Doch den Engel der Wahrheit rief Gott heran
Und sprach: „nimm Du Dich des Menschen an!
Führ' ihn im Lichte zu Segen und Heil;
Befrei' ihn von Irrthum und Vorurtheil,
Daß den Menschen neben sich Bruder er nenne,
Gott über sich als Vater erkenne! —
Wohl mag es der Jahre tausende währen,
Doch Dir soll's gelingen, den Geist ihm zu klären.
Wahrheit soll ihn zur Gerechtigkeit mahnen,
Wahrheit den Weg zum Frieden ihm bahnen;
Und Wahrheit, Recht und Frieden, sie werden
Mein heiliges Reich einst gründen auf Erden." —
Und es wurde der Mensch. Und er irrete viel,
Doch es stand und es steht erhaben das Ziel;
Gott einzig — geeinigt das Menschengeschlecht
In Treue, Wahrheit, Frieden und Recht.
Und der Herr wird regieren auf Erden allein,
Und sein Gesetz wird König sein.

XXII.

Die summende Mücke.

(Talm. Gittin. 56, 2.)

Als Titus die heilige Stadt bezwang,
Mit Frevel ins Allerheiligste drang,
Sah dort er sich um nach einem Gott,
Und als keinen er fand, da stach ihn der Spott:
„Ihr Thoren verläugnet die Götter des Lichts
Und betet an das dunkle Nichts,
Und nennt es allmächtig, gewitterträchtig —
Wär so stark eur Gott, ich Held, was vermöcht ich?" —

Und als er zu Wasser nach Rom heimfuhr,
Da gerieth in Aufruhr die ganze Natur;
Es hoben die Wogen sich hoch wie ein Thurm,
Und der Fesseln ledig, raste der Sturm.
Doch Titus lachte, sein Muth war wie Eisen:
„Will der Juden Gott die Macht mir beweisen,
Womit, wie sie fabeln, er einst gerichtet
Und das Geschlecht der Sündfluth vernichtet?
Womit er Pharao und sein Heer
Gestürzt ins wild aufbrausende Meer?
„Neptun, ich weih' Hekatomben Dir;
Deine größere Macht, beweise sie hier!"

Da rief der Herr in des Himmels Höhen:
„Dir, Frevler, wird Dein Recht geschehen,
Und das kleinste meiner Geschöpfe soll
Heimzahlen Dir die Strafe voll!"

Und als nun der Kaiser an's Ufer stieg,
In Triumph beging den Judäischen Sieg,
In seinem Gefolge, wie üblich es war,
Der gefangenen Großen zahlreiche Schaar,
Die Fürsten Judas, die Priester in Menge,
Und der Tempel=Geräthe goldstrahlend Gepränge;
Und es jauchzten die Bürger weit umher:
„Heil Titus, des Vaterlands Glanz und Ehr" —
Da hebt sich, der blutigen Thaten bewußt,
Des Triumphators gewaltige Brust;
Und er öffnet die stolzen Nasenflügel
Und athmet frei auf, wie ein Roß ohne Zügel.

Und siehe, da flog ein Mücklein heran,
Und flog in das offne Athmungsorgan
Und stieg und stieg bis unter die Stirne
Und setzte sich fest in dem Gehirne.
„Sum, sum," so pickt es den ganzen Tag,
Wie das böse Gewissen, das ruhen nicht mag.
Ging einmal der Held einer Schmiede vorbei,
Da pochten Gesellen im Takt: eins zwei,
Und wie die Mücke die Schläge vernahm,
Das Picken und Summen zur Ruhe kam;

Doch kaum war der Schlag des Hammers stumm,
Da pickt und beginnet es wieder: „ſum ſum."
Nun bringt man den Ambos in Kaiſers Palaſt,
Da hämmern und pochen ſie ohne Raſt;
Doch wie ſich das Thierlein gewöhnt an den Schlag,
Da ſummet es wieder den ganzen Tag.
Und es picket und ſummet, bis ſchaurig lang
Es dem Helden geſummet den Todtenſang.

Und als man geöffnet das mächtige Haupt,
Dem ein winzig Geſchöpf den Frieden geraubt,
Da war die Mücke, ſo ſteht es zu leſen,
So groß wie eine Taube geweſen;
Der Schnabel von Eiſen; und waren, o Grauen!
Die Füße wie eherne Krallen zu ſchauen. —
Das Mücklein hat Heldenblut eingeſogen,
Und wohl aus dem Blute das Eiſen gezogen.

Und was iſt der Fabel tieferer Sinn?
O hört und beherzigt der Lehre Gewinn!
Es bleibt bei Eroberern, Völkertreibern,
Den Menſchen hinmähenden Freiheitsräubern,
Die Stunde der Vergeltung nicht aus;
Da bringet die Reu in ihr Seelenhaus,
Wo der Erinnerung blutiges Schwert
Sich gegen den eigenen Frieden kehrt;
Wo der innere Vorwurf ſummet und ſticht,
Und das Lärmen der Welt betäubet ihn nicht.
Und er ruhet nimmer, bis ſie vernichtet,
Und verherrlicht iſt Gott, der auf Erden richtet.

O Fürsten, bedenkt es in Eurem Glücke
Und scheut vor der summenden Titusmücke!

XXIII.

Sabbathverehrung.

(Talm. Sabbath. 119.)

Was thaten die paläftinensischen Reichen,
Daß Güter sie häuften, sonder Gleichen?
Sie weihten den Zehnten mit vollem Bedacht;
Das hat den Reichthum verzehenfacht.
Und was thaten Jene in Babylon,
Daß ihnen wurde derselbe Lohn?
Sie haben die Tora hochverehrt,
Die Meister geehret, die sie belehrt.
Und was thaten Jene in anderen Landen,
Daß sie gleich reiche Erndten fanden?
Sie haben geehrt den Sabbathtag,
Das mehrete ihnen den Lebensertrag! —

Ein Rabbi erzählt: „einst war ich als Gast
In Laodicäa zur Sabbathrast
Bei einem Manne, der war so reich;
Mir kam es faſt einer Fabel gleich! —

Er hatte sechzehn Diener in Sold;
Die trugen herein die Tafel von Gold,
Mit durchbrochenen Silberkettlein garniret,
Mit phönicischen Gläsern reich gezieret;
Und Goldpokal an Goldpokal,
Drin flammte des Weines sonniger Strahl;
Und Speisen und Backwerk auserlesen,
Die fürstlichen Tisches würdig gewesen.
Und als sie die Tafel aufgestellt,
Da sprachen die Diener im Chor gesellt:
„Die Erd' und ihr Reichthum sind Gottes allein;
Die Welt und ihre Bewohner sind sein."
Und als die Tafel sie abgetragen,
Hört wieder man heilige Worte sie sagen:
„Die Himmel des Ewigen Himmel sind,
Doch die Erde schenkt er dem Menschenkind."
Da fragt' ich: was hast Du gethan, mein Sohn,
Daß Solches Dir ward von Gottes Thron?
Er sprach: „ich bin vom Gewerb, das die Weisen
Nicht pflegen besonders hoch zu preisen;
Wir tödten Thiere, um Menschen zu nähren,
Und jedes Gewerk soll den Meister ehren.
Ich aber war stets des Rechten beflissen,
Ließ meine Kunden nie Bestes vermissen;
Doch brachte ein Unterhändler mir
Ein herrliches, ausgesuchtes Thier,
Sprach ich, nach meiner Gewohnheit seit Jahren:
Das müssen wir für den Sabbath sparen!
So ließ es mir Gott in allen Stücken

6*

Zu Heil und Segen gar herrlich glücken,
Und es ward mir die Zeit der Arbeit gesegnet,
Weil den Zeiten der Ruh' ich mit Ehrfurcht begegnet
Da rief ich: mein Sohn sei mir gepriesen;
Und gelobt sei Gott, der Dir Solches erwiesen!" —

Und auch dies wird erzählt: von einem Kaiser
Ward einst gefragt ein jüdischer Weiser:
Man sagt die Sabbathkost schmecke so süß,
Als käm' sie direkt vom Paradies;
Welch Mittel wird da von Euch beliebt? —
Da sprach der Rabbi: ein Kräutlein es gibt,
Das Sabbath heißt; das würzet so süß,
Und das Kräutlein stammt aus dem Paradies.
Da lächelt der Kaiser: „so gib mir es doch,
Daß ich es behändige meinem Koch!"
Und lächelnd erwiedert der Weise fein:
„Erhab'ner Gebieter, nur Jenem allein,
Der den Sabbath verehrt und heilig hält,
Wird Edens Duft an den Speisen bestellt." —

Gestattet mir nun, daß eine Sage
Zu Ehren des Sabbaths ich noch vortrage!

Im jüdischen Haus zum Sabbathtisch
Am Freitag=Abend liebt man den Fisch;
Und mag er kosten auch, was er wolle,
Kein Preis ist zu hoch, den ein Frommer nicht zolle,

In Jerusalem nun war ein Mann bekannt ···
War „Joseph Mokir Schabbi" genannt —
Das Wort bedeutet: Sabbathverehrer,
Und das war er — des eigenen Segens Vermehrer.
An Sabbaths Rüsttag, allwöchentlich,
Begibt Herr Joseph zum Markte sich,
Erhandelnd dort den besten Fisch
Für den lieben Freitagabendtisch.

Auch lebt' in der Stadt ein Heide, sehr reich,
An Schätzen einem Crösus gleich;
Ob seiner Güter zu Land, auf der See,
Hoch angesehn in der Fern, in der Näh —
Wer mochte denken, wer konnte glauben,
Daß solchen Reichthum die Zeit wird rauben?

Da trat ihn einmal ein Magier an —
Sterndeuter, zauberkundiger Mann —
Und redet zu ihm ernst feierlich:
„Vor dem Mokir Schabbi, Herr, hüte Dich!
Du möchtest in Jammer versinken, verderben,
Und Deine Güter der Fromme beerben!" —
Da lachte der Heide, doch im Gemüth
Er heiß von Schrecken und Bangen erglüht,
Daß er verkaufte Alles, was sein,
Erwerbend den größten Edelstein,
Der tausend mal tausend Silberling werth;
Den trug er mit sich, an Last nicht beschwert,
Und eilte, in weite Ferne zu ziehen,
Um dem schweren Schicksalsspruch zu entfliehen.

Und er gehet zur See, und ein Sturm entstehet,
Daß er und sein Kleinod untergehet. —

Und wieder hat Rüsttag Jerusalem,
Und reich bestellt sind die Fischerkräm,
Doch Aller Augen fesselt ein Hecht,
Ein prachtvoll Geschöpf, vom Königsgeschlecht.
Und Niemand aus der Käufer Kreis
Wagt zu bezahlen des Fisches Preis;
Da sieht man Herrn Mokir Schabbi kommen,
Den edlen, sabbathverehrenden Frommen,
Und wirklich ging über des Meeres Spende
In Mokir Schabbi's freigebige Hände. —

Und als er geöffnet den Fisch zu Haus
Und nahm das Inngeweide heraus,
Da flammt ihm entgegen der herrliche Stein,
Der schließt an Werth ein Fürstenthum ein;
Und man spricht: wer fürstlich den Sabbath verehrt,
Dem werden fürstlich die Güter gemehrt.

*   *

Das ist die Sage, so seltsam, wie alt,
Wir aber dringen auf den Gehalt! —
Wer das heilvermehrende Sabbathgesetz
In die Fluth des Lebens einsenkt als Netz,
Wird mehr als fürstliche Güter erwerben,
Wird Segen und Freude und Frieden vererben.

XXIV

Alexander und der Hohepriester.

(Palästina und Hellas.)

(Joma 69, 1.)

Kennt Ihr die zwei Lande in Ost und West,
Die die Menschheit nie aus dem Auge läßt?
Wo ihre Führer sie wandelnd schaut
Und diesen Seele und Geist vertraut?
Die ihre Stirn mit Gedanken krönen
Und Himmel und Erde harmonisch versöhnen?
Das sind die zwei Lande, gleich nah uns verwandt
Das ist Palästina und Griechenland.

Und als Alexander die Welt erbeutet,
Nach Asia griechischen Geist geleitet,
Daß er die öden Fluren durchfeuchte,
Sein sonniger Strahl die Völker erleuchte:
Da kam er auch mit den erobernden Schaaren
Zum heiligen Lande Judäa gefahren,
Im Zorn. — Denn es hatte das Volk die Treu
Dem Perser bewahrt in heiliger Scheu,
Und nun schwur Alexander, Ammons Sohn,
Gebührend zu ahnden — so nennt er's — den Hohn,

Und in drohendem Fluge eilt er daher;
Wie eine Wolke gewitterschwer. —

Und Jerusalem fasset Angst und Grauen;
Schon glaubt man zerstört den Tempel zu schauen,
Unrettbar den zerfleischenden Krallen
Des macedonischen Löwen verfallen.
Und der Hohepriester legt an das Kleid
Von golddurchwirkter Herrlichkeit,
Das er am Versöhnungstage trägt,
Wann den heiligsten Dienst zu üben er pflegt,
Im Sühnegewand den Helden zu grüßen,
Das Gnadengesuch ihm legend zu Füßen.
Das streitet wohl gegen ein heilig Gebot,
Sie aber folgen der drängenden Noth,
Die gebeut, daß man ein Gesetz verletze,
Gilt es zu retten die heiligsten Schätze.

Und als das Stadtthor sich aufgethan,
Da drängten die wilden Legionen heran;
Denn es hatte des Königs Herrlichkeit
Die arme Stadt der Plündrung geweiht.

Doch als der heilige Zug sich genaht,
Der Hohepriester im Sühneornat —
Jaddua, eine erhabne Gestalt,
Der Silberbart bis zum Gürtel ihm wallt;
Auf seiner Stirne ist Schmerz zu schauen,
Doch jeder Zug blickt Gottvertrauen —

Und um ihn der Priester geweihte Schaar,
In weißen Gewändern strahlend klar,
Und die Leviten mit Spiel und Klang
Und mächtig erhebendem Psalmensang:
Da rief mit der Stimme Allgewalt
Der Welterobrer ein donnernd H a l t,
Und es hielt die ganze Armee und stand
Wie eine Mauer festgebannt.

Und in seiner Würde königlich
Trat vor Alexander und neigte sich
Und erwies vor seinem ganzen Heere
Dem Gottespriester Achtung und Ehre.

Und die Generale um ihn her,
Die schauen sich an und staunen sehr;
Da tritt einen Schritt der Fürst zurück
Und spricht mit Rührung im feurigen Blick:
„Feldherrn, Ihr staunet, daß diesem Greise
Der zürnende König Verehrung erweise?
So hört, was geschah in verwichener Nacht!
Als halb ich entschlummert und halb noch gewacht,
Da ward im beschaulichen Dämmerlicht
Mir ein wunderbares Traumgesicht.
Ich sah eine Reihe von Priestern wallen
Aus eines Tempels erhabenen Hallen,
An ihrer Spitze ein edler Greis,
Ehrwürdig, in Haaren schneeig weiß.

Und er trat in gewinnender Demuth heran
Und redete mich mit den Worten an:
„Erhabner! wir kommen als Herrn Dich zu grüßen,
Ein Gnadengesuch Dir legend zu Füßen,
Daß Deine Huld uns himmlisch erfreue;
Denn unsere Schuld war nur die Treue!" —
Dann vernahm aus der Höhe den Ruf ich hehr:
Mein Sohn Alexander zürnet nicht mehr!
Mit Gnade soll die Krone er krönen,
Und Homer und Moses in ihm sich versöhnen!" —
Und ich hörte dieses erhabene Wort,
Wo jetzt wir stehen an diesem Ort;
Und es war der Greis, den dort ihr sehet,
Der zu seinem Gott um Erhörung flehet —
So wollen dem Himmel Gehorsam wir weihen
Und dem Priester und seinem Volk verzeihen.

Und er ladet Jaddua zu sich heran
Und huldvoll redet den Frommen er an:
Empfanget Gnade; die Schuld sei gesühnet,
Daß wie dem Darius ihr treu mir dienet!
Lebt euern Gesetzen, heilig bewährt,
Die euch ein erhabener Seher gelehrt;
Sie tragen, ich weiß es, göttlichen Stempel. —
Nun aber führt mich zu euerem Tempel,
Daß ich auch opfre dem Unsichtbaren,
Dem treu ihr nun folgt seit zweitausend Jahren.

Und nun zu Zions erhabenen Hallen
Sieht man den Priester, den Fürsten wallen,

Wie Paläſtina und Hellas im Bund
Verklären einſt werden das Erdenrund.
Der Völker Weisheit und Zions Lehre,
Sie ſoll'n ſich durchdringen zu Gottes Ehre —
Reich Gottes! Dann iſt Dein Ziel gekrönt,
Und Homer und Moſes ſind innig verſöhnt. —

XXV.

Die drei Freunde.

(Eine Parabel.)

Einſt ward vor des Richters ernſte Stufen
Ein ſchwer belaſteter Schuldner berufen;
Und er hatte drei Freunde, zu denen er lief,
Der Arme, und bittend um Beiſtand rief.
Der Erſte — ſein Liebling — ihm ſtehts der Nächſte;
Er hegte ihn zärtlich, hielt ihn für das Höchſte —
Der zuckte die Achſeln, der falſche Wicht
Begleitet zum Hauſe hinaus ihn nicht. —
Und der Zweite? — Er ſprach: „tief ſchmerzet mich,
O Freund, Dein Loos — ich begleite Dich —
Doch nur bis zur Pforte kann ich mitgehen;
Was folgt, das mußt Du allein beſtehen!" —

Und nun zum Dritten kommt er zuletzt,
Den er am geringsten von Allen geschätzt —
Der spricht: „wie nahe geht mir Dein Geschick;
Von Deinem Beistand bleib ich nicht zurück.
Wohl darfst mein Vermögen Du nicht überschätzen,
Hab reiche Mittel nicht einzusetzen;
Doch was gescheh'n kann, das soll geschehen!
Ich werde mit Dir zum Richter gehen;
Ich kenne ihn; er ist streng, doch gut.
Drum sei nicht so angstvoll, fasse Muth!
Er wird Dich nicht sprechen ganz frei von der Schuld,
Doch gnädig uns schenken Nachsicht und Huld."

Und wer ist der Richter? Der Herzensergründer! —
Und wer ist der Schuldner? Der Mensch, der Sünder! —
Allein die Freunde? — O merket und hört
Und werdet für Eure Lebzeit belehrt!

Der Erste der Freunde, das ist Dein Geld,
Auf den Dein Herz ja am meisten hält.
Er geht, wenn Du scheidest, auch keinen Schritt,
Der Falsche, aus deinem Hause mit.
Der Zweite, das ist der Familienbund;
Der thut Dir noch herzliche Liebe kund
Und begleitet Dich mit bethräntem Blick;
Allein vom Grab kehrt er auch zurück.
Doch der Dritte, so oft hintangesetzt,
Nicht selten von Dir so geringe geschätzt,

Er nennet sich: Tugend, Wohlthätigkeit;
Er folget Dir über die Grenze der Zeit,
Er ist Anwalt dort vor Gericht;
Und reicht das Verdienst vor Gott auch nicht,
Abmindern wird es doch unsere Schuld —
Herr! Gott! o schenke uns Nachsicht und Huld!

XXVI.

Ursprung arabischer Gastfreundschaft.

(Abraham und Ismael.)

(Jalkut. Wajikra. 94.)

O Abraham, Vater so mild und so gut,
Wie weh Dir und schmerzlich die Weisung thut,
Daß Hagar, die Mutter, Du sendest davon
Mit ihrem, mit Deinem so jungen Sohn!
O Mutter Sarah, wie gehst Du so weit
In eifersüchtiger Mütterlichkeit,
Bis Deine Sklavin und ihr Knab'
In der Wüste umirren am wankenden Stab!

Und siehe! zehn Jahre waren vergangen,
Und Abraham hatte die Kunde empfangen,

Daß Ismael streife, ein Jäger frei,
In Arabiens weiter Wüstenei.
Da bricht im Herzen die Sehnsucht aus,
Und es läßt den Vater nicht ruhen im Haus,
Er müsse einmal nach Ismael sehen
Und seines Gezeltes Wohlergeh'n.

Er besteigt das Kameel, und Sarah spricht:
Wohin mein Gebieter, führt heute die Pflicht? –
„Es ist Pflicht, daß ich nach Ismael sehe!" —
„So führst Du ihn wieder in meine Nähe,
Der einst mir so großen Kummer gemacht
Und unseren lieben Isaak verlacht?" —
„Ich schwöre Dir, Herrin, bei meiner Seele:
Ich werde nicht steigen von meinem Kameele,
Will sehen nur, wie er sein Haus bestellt
Und welche Gefährtin er sich gesellt."

Und als er zur Wüste Paran kam,
Wo Ismael seinen Aufenthalt nahm,
Da hält er an seines Sohnes Zelt
Und fraget sein Weib, das die Wohnung bestellt:
Wo ist Dein Herr? — „Zur Wüste fort;
Er holt mit der Mutter Datteln von dort,"
So reiche mir Wasser, und Brod zur Speise;
Denn ermattet bin ich von der schweren Reise. —
„Wir haben nicht Wasser, wir haben nicht Brod!" —
So laßt Ihr den Wand'rer verschmachten in Noth?

„Was die Götter bescheeren, das sparen wir gern
Und freuen uns, bleiben die Bettler uns fern!" —
Da sticht der Kummer, da schneidet der Gram
In's Herz des Vaters Abraham;
Und er spricht: „gut, Frau; sag Deinem Gebieter,
Ich komme zu seinem Zelt einst wieder
Und bitte, daß unterdeß er die Schwelle
Zu dessen Eintritt besser bestelle!" —
Und als Ismael nun nach Hause kam
Und seines Weibes Bericht vernahm,
Da ward ihm aus allen Zügen klar,
Daß sein ehrwürdiger Vater hier war.
Gleich bessert des Zeltes Schwelle er aus,
Entläßt die herzlose Frau aus dem Haus
Und wählet ein Weib, das die Mutter ihm pries —
Von edlem Gemüth — die Fatime hieß. —

Und wieder in Abrahams Herzen mit Macht
Die Sehnsucht nach seinem Sohne erwacht;
Er besteigt das Kameel, und Sarah spricht:
Wohin mein Gebieter ruft heute die Pflicht? —
„Im Herzen Verlangen ich tief empfinde,
Zu schauen, wie Ismael nun sich befinde!" —
„So bringst Du jetzt gewiß ihn zurück,
Der einst mir gestört das Mutterglück?" —
„So schwör ich es Dir bei meiner Seele,
Ich werde nicht steigen von meinem Kameele;
Will sehen nur, wie jetzt er sein Haus bestellt,
Ob er sich die bessere Gattin gesellt." —

Und von dannen ritt Vater Abraham,
Und als er zur Wüste Paran kam
Und hielt an seines Sohnes Zelt —
Welch liebliches Weib hier die Wohnung bestellt!
So flink wie ein Reh, wie die Lerche so heiter —
Das Herz ward in der Brust ihm weiter.
Mit freundlichem Blick kommt sie ihm entgegen,
Beut herzlichen Gruß und gastlichen Segen,
Er möge doch bis zur Heimkehr des Gatten
Ausruhen in ihres Zeltes Schatten.
Als Abraham sich dessen geweigert,
Ob sie auch die Bitten, die holden, gesteigert,
Da bringt sie ihm Milch und Brod und Butter,
Dem müden Thiere das treffliche Futter;
Eilt wieder in's Zelt, wo ihr Knäblein schrie,
Und dem würdigen Wand'rer den Sohn bringt sie,
Er möge die Hand auf's Haupt ihm legen;
Heil bringe den Kindern der Greise Segen.
Und Abraham konnte dem Urquell der Zähren,
Der empor aus der Brust aufquoll, nicht wehren,
Und er leget die Hand dem Sohnes-Sohn
Auf's Haupt und betet mit weichem Ton:
„Allvater, von Deinen Höhen schaue
Und nähre dies Pflänzlein mit Deinem Thaue;
Es werde zum Baume, im Lichte gedeihend,
Dem Zelt und dem Wand'rer Schatten verleihend,
Und was die Eltern, die Ahnen erflehen,
O laß es an ihm in Erfüllung gehen!"
Und er drückte den Knaben an seine Brust

Und weinte Thränen der Vaterlust —
Da kam auch der Mutter das Weinen nah!
Die Traute wußte nicht, wie ihr geschah,
Und dachte, das ist ein göttlicher Mann,
Der also beten und segnen kann.
Und er gibt ihr den holden Knaben zurück
Und segnet sie selbst mit innigem Blick:
„Gott sei mit Dir, Tochter! Erziehe den Sohn
Im Guten zu himmlischem Preis und Lohn!
Und wahre Dir selbst den gastlichen Sinn
Als zukunftsreichen Stammesgewinn.
Mög' einst er werden ein treuer Verbinder
Für Deine und für meine Kinder,
Daß Brüder sie seien, die weite Erde
Ein gastliches Haus für alle werde! —
Nun grüße den Gatten und sage, bestellt
Sei trefflich jetzt die Schwelle zum Zelt —
Ich werde nicht wieder zu Euch kommen;
Mein Segen doch möge Euch ewig frommen!"

Und Abraham schied und Ismael kam,
Und als er des Tages Begegniß vernahm,
Rief er: „das war mein Vater! Sein Segen
Wird Grund zu beglückender Zukunft uns legen." —

Und Segen strömt reichlich in Ismaels Haus,
Weit breiten seine Geschlechter sich aus,
Frei wie die Wüste, die sie durchstreifen,
Kühn wie der Leu, den sie angreifen.

Emire, mit schlanker Helden Troß,
Auf feurigem, ungesatteltem Roß,
Vor mächtigen Feinden erbeben sie nie,
„Sie wider Alle, und All' wider sie." —
Sie hatten sich einst zu den Göttern gewendet,
Wie Pflanzungen, denen man Sonne nicht spendet,
Doch kehrten sie wieder das Angesicht
Zu Abrahams Gott im sonnigen Licht.
„La Allah il Allah," tönt weit durch das Land
Ein Ruf, der lautersten Wahrheit verwandt.

Doch ob sie Götter, ob Gott verehret,
Stets haben den gastlichen Sinn sie bewähret,
Wie von Ismael er und von Abraham,
Ein heilig Vermächtniß sie überkam;
Der in der Steppe drohet und raubt,
Ihm lege getrost in den Schooß Dein Haupt,
Sobald sein Zelt Dir Obdach bot,
Mit Dir er getheilet Salz und Brod.

So ist Abrahams Sitte, sein Leben und Lieben,
Ein Erbe seiner Kinder geblieben,
Wie es Ismael treu im Hause gehegt,
Fatime bei ihrem Sohn es gepflegt —
Ein Zeugniß für Alle, die Allah verehren,
Die Gott anbeten und Treue bewähren,
Daß Brüder sie seien, und einst die Erde
Ein gastliches Haus für Alle werde.

XXVII.

Wahrheit und Wunder.

(Tannur schel Achnaï.)

Talmud. Baba Mezia 59, 2.

Einst ward verhandelt, wie man austrage
Die herbste, die schwerste Gesetzesfrage
Aus dem Gebiete von „Unrein" und „Rein."
Erregt war der großen Meister Verein,
Geistblitze flogen her und hin,
In feurigem Worte, mit treffendem Sinn,
Bis Alle sich fanden zu Einer Meinung.
Und ein Einziger nur verharrt in Verneinung,
Der Sohn Arachs, Rabbi Elieser;
Und keiner von Allen stand höher und größer,
Er, den sein Meister zu rühmen pflegte:
„Und wenn man in Eine Schale legte
Die Weisen Israels allzumal,
Und es würde nur in der anderen Schal
Mein Schüler Elieser liegen,
Er würde sie sonders und sammt aufwiegen." —
Da stand er nun, der Meister vom Geist,
Vertheidigt den Spruch, den tief er beweist,

7*

Allein die Andern wollen es nicht sehen,
Und vereint zu ihrer Meinung sie stehen.
Da erfasset der Zorn den gewaltigen Mann,
Und Wunder soll'n zeigen, was leisten er kann.
„Es zeuge für mich der Brodfruchtbaum!"
Und siehe! Die Karobe hebt sich vom Raum.
Doch die Anderen rufen in Wechselhaft:
„Ein Baum hat für uns nicht Beweiseskraft,"
Drauf Jener: „So zeuge der Strom für mich!"
Und siehe! Die Strömung staut hinter sich,
Doch die Anderen rufen in Wechselhaft:
„Ein Strom hat für uns nicht Beweiseskraft."
Drauf Jener: „So zeugen die Mauern für mich."
Und die Wände begannen und neigten sich.
Doch Rabbi Josua rief entrüstet:
„Was ist das, ihr Mauern, wonach euch gelüstet?
Wenn um das Gesetz die Weisen streiten,
Da müssen Gründe, nicht Wunder entscheiden."
Und die Mauern wußten nicht, was sie sollten,
Ob Gehorsam dem Einen, dem Andern sie zollten,
Da blieben sie stehen in schiefer Lage,
Und so stehen sie noch bis zum heutigen Tage.
Da rief er: „So zeuge der Himmel für mich!"
Und horch! Ein Ruf ließ vernehmen sich:
„Auf meines Sohns Eliesers Seite
Ist immer das Recht im Gelehrtenstreite." —
Da wieder stand Rabbi Josua auf
Und rief voll Kühnheit zur Höhe hinauf:
„Und ob auch aus der himmlischen Luft

Die „Tochter der Stimme" deutlich ruft,
Das darf uns nicht stören! Denn höher uns steht
Der Ruf, der aus Gottes Lehre ergeht,
Wo immer die Meinungen sind im Streite,
Daß sich stets das Recht nach der Mehrheit entscheide." —

Wie seltsam ist das! Doch noch seltsamer klingt,
Was weiter noch unser Märchen bringt:
Als Rabbi Nathan begegnete dann
Elias, da fragt' er den Wundermann:
„Als Rabbi Josua Solches gewagt,
Was hat dazu der Höchste gesagt?" —
„Gott sprach, das Haupt beim Lächeln gewiegt:"
„Mich haben meine Kinder besiegt!" —
Das dünkt euch recht menschlich von Gott gedacht?
Doch wenn näher das Märlein ihr zieht in Betracht,
Dann fördert es euch schön an den Tag
Gewinn an Gedanken von reinstem Schlag.

An der Wahrheit, so gelt' es bei Israels Kindern,
Kann Wunder auch nicht das Mindeste mindern.
Wollt ihr die Wahrheit auf Wunder begründen,
Dann wird auch der Irrthum schnell einmünden!
Im Streite des Geistes laßt Wunder ihr reden,
Dann seid ihr die Beute des falschen Propheten;
Nicht Geist, nur Auge und Ohr entscheidet,
Und Sinnlichkeit eueren Sinn mißleitet,
O, Recht hat der Weise: „Wenn Weise streiten,
Da müssen Gründe, nicht Wunder entscheiden." —

XXVIII.

Das Beste im Hause.

(Vorspiel der „Weiber von Weinsberg".)

(Jalkut. Genes. cap. XVI.)

Habt Ihr von den Weibern Weinsbergs gelesen?
Ei, Freunde! ist Alles schon dagewesen,
Wie ich in diesem Geschichtlein erzähle,
Euch zu erheitern die müßige Seele. —

In Sidon lebte ein frommes Paar,
Das grade zehn Jahre verheirathet war;
Sie liebten sich treu, sie liebten sich herzlich,
Doch Ein Gedanke blieb Beiden stets schmerzlich,
Darob sie gebetet so oft und geklagt,
Daß ihnen der Himmel Kinder versagt;
Und schmerzt es besonders den Mann, daß kein Erbe
Den Namen ihm rette, wann einst er sterbe.
Und so, nach der Sitte damaliger Zeiten,
Entschlossen sie sich von einander zu scheiden
Und gingen zum Rabbi Ben-Jochai,
Ankündigend ihre Trennung, frei.

Doch der edle Rabbi bot schwer nur die Hand
Zu lösen solch' treues Herzensband,
Und er sprach: „Erst feiert den Abschiedsschmaus;
Ich komme heut Abend in Euer Haus,
Und wie fröhlich wir waren, als Ihr Euch verbunden,
So scheidet nun auch nach frohen Stunden.
Da wird es die ganze Stadt erkennen,
Daß Feindschaft und Zwietracht Euch nicht trennen;
Dann kehre die Gattin zum Vaterhaus
Und wir stellen gesetzlich den Scheidebrief aus."

Und wie er gesprochen, also geschah's.
Sie luden Gesellschaft, man trank, man aß,
Ward munter — da sprach zum Weibe der Mann:
„O Frau, die ich nur loben kann,
Laß Dir von mir aus allen Dingen
Das Beste' zu Deinem Vater bringen,
Ein Zeugniß, daß Du, in untadlicher Weise
Gewaltet in unserem häuslichen Kreise."
Sie dankt und credenzet ihm Glas um Glas,
Und er, dem Verdruß in der Seele saß,
Trinkt — bis der Schmerz im Weine ertrinkt,
Und der Trinker in tiefen Schlaf versinkt.
Da befiehlt die Herrin, daß wie er da lag,
Man ihn zu ihrem Vater trag';
Dort ward er entkleidet, zu Bette gebracht,
Und als des Morgens er aufgewacht,
Reibt er sich die Augen und rufet aus:
„Wo bin ich? Warum nicht in meinem Haus?"

Er fragt es und sinnet; es macht ihm fast Sorgen —
Da kommt sein Weib, und: „Guten Morgen!"
Ruft sie und bricht in Lachen aus;
„Wie schliefst Du in meines Vaters Haus?"
„Bei Deinem Vater? Wer hat das gewagt?"
„Mein lieber Herr! Du hast ja gesagt:
„Laß Dir von mir aus allen Dingen
„Das Beste zu Deinem Vater bringen —
Und Du bist mein Bestes — Dein Wille geschah!"

Wie freute der wackere Mann sich da
Und rief: „Du bist das Beste in meinem Haus;
Komm mit mir und ziehe nicht wieder aus!"
Wie fröhlich zogen zur Heimath die Beiden,
Und nimmer war die Rede vom Scheiden
Und als den Gebeten der frommen Gatten
Sich jene des Rabbi verbunden hatten,
Da ließ sich der gnädige Himmel erflehen;
Bald sah man im Hause die Wiege stehen,
Draus schaute ein frischer Knabe heraus,
Und die Eltern riefen in Wonne aus:
„Das Schönste ist doch auf der schönen Welt,
Wenn sich zu den Zweien das Dritte gesellt."

—✦—

XXIX.

Das Gleichniß vom gebesserten Sohn.

Ein Vater von treuem, doch ernstem Gemüthe,
So reich an Einsicht wie groß an Güte,
Hatt' einen hoffnungsvollen Knaben,
Von feiner Gestalt und seltenen Gaben;
Wie pflegt' er ihn sorgsam, wie liebt er ihn sehr
Und gibt ihm treffliche Weisung und Lehr!
Doch der Knabe verschmähet des Vaters Gebot,
Wie dieser auch mahnet und warnet und droht.
Bald pflegt, er die Schule auch zu versäumen,
In lustigen Gärten die Zeit zu verträumen
Und geräth, ach, bald in schlechte Hände,
Nichtachtend, daß Vaters Namen er schände.
Da trifft ihn dieser einst auf der Straße
Anführend die Rotte der schlechtesten Gasse;
Und: „Du Frevler," ruft er, „vor aller Welt
Hast Du Dich und mich und mein Haus bloß gestellt.
Ich verzeihe Dir nicht, ich verzeihe Dir nicht,
Du undankbarer Verächter der Pflicht.
So empfange die Strafe, die Dir gebührt,
Vor diesen Gesellen, die Du geführt!"
Da fiel der beschämende Schlag auf den Sohn,
Daß in Furcht die Genossen von hinnen flohen.

Und der Sohn eilt tief betroffen nach Haus
Und bricht in heftiges Schluchzen aus:
„Ach, Vater, mein Vater, zermalmt bin ich!
Du haſt mich gezüchtiget öffentlich,
O nimm mich zu Hauſe nur liebend auf;
Ich änd're, ich beſſ're den Sittenlauf!"
Da wurde das Herz des Vaters gerührt,
Den weinenden Sohn zu Tiſche er führt;
„Nun waſche Dich," ſpricht er, „und iß mit mir.
Iſt Ernſt Deine Reue, vergebe ich Dir:
Und wirſt Du zum Guten wiederkehren,
So werd ich Dich wiederum öffentlich ehren."

Doch als er nun wieder zur Schule ging,
Wie ihn da Hohn und Spott empfing!
Sie riefen, ſo lieblos, ſo bitter und ſcharf:
„Fort Du, den der eigene Vater verwarf!"
„Es iſt nicht ſo!" rief der Arme aus;
„Kommt doch, o kommt nur in mein Haus,
Und ſehet, wie Liebe, auf's Neue entzündet,
Mich und die Meinen ſo innig verbindet!"
Doch die Anderen rufen: „Das darf nicht geſchehen;
Es iſt uns verboten, mit Dir zu gehen!
Du biſt gebrandmarkt ſchwer heimgeſucht —
Man ſagt, Dein Vater hat Dich verflucht!" —

Da erfaßt ihn Verzweiflung, da bricht ihm das Herz;
So tief, ſo unſäglich war niemals ein Schmerz:

„Ach, Vater, mein Vater, laß mich doch zu Haus;
Ich geh nicht mehr zu den Menschen hinaus.
Sie kränken mich dort, sie schmähen mich hier! —
O laß mich zu Hause, ich bleibe bei Dir!" —

Drauf sprach der Vater: „o fasse Dich, Sohn,
Und begegne mit Muth dem verwundenden Hohn.
Auch das ist ein Zeugniß gebüßter Schuld,
Unrecht zu tragen mit starker Geduld.
Bleib hier bei mir in Frieden heute,
Ich führe Dich morgen unter die Leute;
Gehn Vater und Sohn treu Hand in Hand,
Dann wird es von aller Welt erkannt,
Daß ich Dir verziehen, daß Du Dich erhoben,
Und die Dich erniedrigt, sie werden Dich loben,
Und die Dich gehasset, sie werden Dich lieben;
Denn also steht es im Buche geschrieben:
„Wenn Gott es gut mit den Menschen meint,
Dann wandelt zum Freunde er ihm den Feind."
Und wie er gesprochen, so ist es gekommen;
Der Sohn ward wieder aufgenommen
In seiner Genossen Achtung und Liebe —
O daß er dem Guten auch treu stets bliebe,
Vergessend nicht, in besseren Zeiten,
Heimsuchung und Schmerz aus Tagen der Leiden!

Und was ich berichte, und was ich erzähl',
Ist getreu ein Gleichniß von Israel.

So hat es sein himmlischer Vater geliebt,
So Wohlthat nach Wohlthat an ihm geübt;
So hat es verschmäht sein herrlich Gebot
Und fiel in Schmach und Elend und Noth.
Da kehrt es zu seinem Vater zurück,
Sich sonnend in seinem Gnadenblick;
Und Treue und Liebe im trauten Haus,
Sie heilten die Wunden der Seele aus. —
Doch die Völker, mit denen es einst gebuhlt,
Die es in Irrthum und Sünde geschult,
Sie zogen sich jetzt mit verachtendem Blick
Von dem schwer getroffenen Volke zurück,
Und hielten's für heilige Pflicht, zu hassen
Den Gott und seine Liebe verlassen.
O wären sie doch in sein Haus gekommen
Und hätten die Liebe da wahrgenommen,
Die dort vom Urquell der Ewigkeit floß
Und sich aus Herzen in Herzen ergoß,
Daß solcher Segen im stillen Zelt
Aufwog den Haß einer ganzen Welt. — .

Da lernte Israel Muth und Geduld,
Bis wieder der Vater in gnädiger Huld
Es unter die Völker eingeführt,
Ihm stiftend die Stelle, die ihm gebührt
Im frei wetteifernden Bürgerthum;
Bald wandelt sich Haß in Liebe um,
Und Menschenrecht und Bürgerpflicht,
Sie reifen, gleich süß, im belebenden Licht. —

So würdigt die Güter, die Gott geschenket,
Und in den Tagen der Freiheit gedenket,
Daß einst ihr Knechte gewesen seid!
Dankt kindlich dem Vater, der Euch befreit,
Und Euer Führer sei fort und fort
Sein heiliges, welterlösendes Wort.

* * *

XXX.

Ein feines Ehepaar.

(Lüge und Unheil.)

Als Noah die Arche vollendet hatte,
Die Thierlein kamen, Gattin und Gatte —
Ein Pärlein mußt' es ja immer sein,
Ein Einzelnes durfte nimmer hinein —
Da kommt auch Lüge herangeschritten,
Einlaß begehrend, und legt sich auf's Bitten.
Herr, spricht sie, wann neu die Welt erstehet,
Ich denk', daß die alten Wege sie gehet,
Und in der Gesellschaft muß Lüge sein.
So bitte ich sehr, o laß mich doch ein!"
Da lacht der Altvater und spricht: „fürwahr,
Der Grund läßt sich hören; allein nur ein Paar

Darf ich aufnehmen. So such' auf der Erde,
Ob ebenbürtig ein Männlein Dir werde!" —
Geht Lüge und sucht; und sieh! Da begegnet
Ihr Unheil und ruft: „sei mir gesegnet,
O theuere Freundin! Woher schon so frühe?"
„Ich war bei Noah; trotz aller Mühe
Und allen Bitten ließ er mich nicht ein;
Ich müsse zuvor verheirathet sein! —
Willst Du mich nehmen? Dann sind wir ein Paar
Und stell'n uns dem Frommen als Eheleute dar."
Da grinsete Unheil: „und möcht' es so sein,
Was brächtest Du mir als Mitgift ein?"
„Ein ganzes Vermögen empfängst Du von mir;
Denn was ich verdiene, gehöret Dir;
Und was ich verdiene, das ist nicht wenig,
Denn eine Welt ist mir unterthänig." —
Sie schließen den Bund, sie schreiben den Schein
Und ziehen selbander zur Arche ein. —

Die Sündfluth kam, die Sündfluth verrann,
Und wie die Erde zu trocknen begann,
Verließ mit der Thiere fröhlicher Schaar
Die Arche auch unser feines Paar.
Und an ihr Geschäft ging wieder Lüge;
Sie weiß noch: Wen? wo? wie? man betrüge.
Doch kam es zu des Gewinnes Eintreibung,
Erschien stets Unheil mit der Verschreibung
Und zog den Betrag. Das war ein Dorn
In der Händlerin Auge — sie rief voll Zorn:

„Ich denke, ich sinne; was hab' ich davon?
Ich schaffe, arbeite, und Du ziehst den Lohn?" —
Da lächelte Unheil und grinsete wieder:
„Wir schrieben ja die Bedingungen nieder,
Die klar verzeichnet Du lesen hier kannst,
Daß wo im Geschäfte, und wann Du gewannst,
Es mir als Mitgift solle gehören —
Ich nehme was mein ist; was kann Dich empören?"
Und so ist es bis auf den heutigen Tag!
Was immer Lüge gewinnen mag,
Sie findet keinen Segen darin —
Nur Unheil wird groß aus der Lüge Gewinn. —

XXXI.

Adam und die Engel.

Als einst den Engeln der Schöpfer der Welt
Den Menschen als Bruder vorgestellt,
Da wollten sie ihn nicht anerkennen:
„Wie sollten wir Den heut Bruder nennen,
Der morgen, Gebilde von Fleisch und Blut,
In Grab und stummer Vernichtung ruht?"
Da sprach der Höchste: „es ist der Geist,
Der ihm bei euch den Ort anweist;

Und daß er dem Irdischen auch verwandt,
Macht ihn mit der Dinge Natur bekannt,
In die er geistig = sinnlich eindringe
Und meine Gedanken zum Vorschein bringe.
Nun kommet und schauet, daß ihr ihn erprobet
Und im Gebilde den Bildner lobet."
Nun führte Gott in friedlicher Schaar,
Die Thiere vorüber Paar um Paar,
Daß sie der Mensch mit Namen benenne,
Wie er sie aus ihrem Wesen erkenne.
Und siehe! nach Art und Laut und Gestalt
Nennt er die Namen mannigfalt,
Mit Auge und Ohr stets folgend der Spur
Der Gott offenbarenden, großen Natur.
Da staunten die Engel und riefen aus:
"Ja, das ist ein Sohn von Gottes Haus!
Mit der Sinne Kraft, die uns gebricht,
Zum zweitenmal stellt er die Dinge an's Licht." —
Jetzt rufet der Schöpfer: "mein Sohn, nun sprich:
Mit welchem Namen benennest Du Dich?"
Und der Mensch erwiedert mit klugem Sinn:
"Ich weiß, von wie niedrem Ursprung ich bin;
Daß immer ich dessen gedenken werde,
Nenn ich mich Adam, Sohn der Erde."
Da lächelt der Höchste — die Engel gestanden,
Wie fromm und weise das Wort sie fanden.
Nun sprach der Ew'ge: "bedenke Dich
Jetzt wohl, mein Sohn! Wie nennest Du mich?"
Und der Mensch antwortet: "o wie vermöcht' ich,

Dich würdig zu nennen! Du bist allmächtig,
Und gütig und groß, gerecht und weise;
Kein Name genüget zu Deinem Preise! —
Herr will ich Dich nennen, Adonai;
Daß immer es gegenwärtig mir sei,
Daß Dir zu dienen in Wahrheit und Licht
Mir Seligkeit sei und einzige Pflicht."
Da staunten die Engel und riefen aus:
„Ja, der ist ein Sohn vom Vaterhaus;
Ihn wollen wir freudig Bruder nennen
Und mit ihm gemeinsam den Herrn bekennen."
Doch der Ewige rief: „so bleibe mir, Sohn,
Der Name für immer! Von meinem Thron
Steh' Deinen Kindern und Enkeln ich bei,
Wann sie rufen zu mir: Adonai! Adonai!"

— ❈ —

XXXII.

Moses und die Engel.

Als der Herr beschlossen, die Lehre, die wahre,
Die augenerleuchtende, sternenklare,
Den Söhnen der Erde durch Moses zu geben,
Da wollten die Engel Einsprach erheben:
„Herr, willst Du Dein hohes Gesetz und Wort,
Den himmlischen Schatz, den reichen Hort,

8

Die Lehre von ungetrübter Klarheit,
Die lautere Tochter der ewigen Wahrheit,
Willst Du sie vertrauen den Kindern der Erde,
Daß sie entweiht und entwürdigt werde?
Sie zieh'n ja das Hohe hernieder zum Staube;
Zum Lügengewebe wird reiner Glaube!
Der Mensch wird den Irrthum stets Bruder nennen
Und nimmer die Wahrheit als Schwester erkennen.
So laß sie doch weilen auf lichten Sphären,
Wo Söhne des Lichtes sie lieben und ehren!" —

So redeten sie, die himmlischen Geister.
Da sprach zu Moses der Welten-Meister:
„O treuer Knecht, Antwort gib ihnen,
Um Dir und mir als Rettung zu dienen."
Doch Moses erwiedert: „Mir fehlet der Muth;
Verzehren wird mich der Gewaltigen Gluth."
Sprach Gott: „Wen beschirmen der Allmacht Schwingen,
Kann keine Gluth zu Schaden bringen." —
Und Moses hub an und sprach das Wort:
„Ihr Boten des Herrn auf erhabenem Ort,
In Gottes Gemeinschaft aufgenommen,
Was möchte wohl Euch die „Lehre" frommen?
Da heißt es: „Ich bin es, der Euch befreit" —
Hat Euch je gedrückt der Knechtschaft Leid?
„Habt keine anderen Götter vor mir" —
Im Strahle des Höchsten stets wallet Ihr.
Wie könnte verführend ein Andrer Euch nahn!
„Ruf' Gottes Namen zur Lüge nicht an" —

Herrſcht „Mein und Dein" in Euerem Kreiſe,
Was Menſchen verlockt zu des Meineids Geleiſe?
„Den Tag des Herrn ſollſt heilig Du weihn" —
Iſt Euch nicht Ein Sabbath das ganze Sein? —
Und geſchrieben ſteht in der heiligen Lehre:
„Den Vater, die Mutter fürchte und ehre" --
Heil ſtifte dieß Wort im Erdenlande;
Kennt Ihr die theuern Familienbande? —
„Du ſollſt nicht morden; ſchirm heilig die Sitte;
Von unrechtem Gut halt fern die Schritte;
Falſch Zeugniß nicht gebt, und nicht gelüſtet" --
Wo ſind die Lüſte, die meiſtern Ihr müßtet? —
Nein, nein! nicht für vollkommene Engel,
Für Menſchen nur, gefährdet durch Mängel,
Gegeben werde die göttliche Lehre,
Daß heiligend, ihr Geſetz ſich bewähre,
Aus Sclaven erziehe ein freies Geſchlecht,
Zur Wahrheit, zum Wohlthun, zu Gleichheit im Recht.
Steh'n Gott und Engel uns heiligend bei,
Daß Heil des Höchſten Gebot uns verleih!" —

So ſprach er und ſchwieg. Da ſtimmen ſie ein,
Die Palme dem Gottesmanne zu weih'n.
Und Alle nahen und zoll'n ihm Geſchenke,
Daß ihrer Nähe er dankend gedenke.
Und der Engel des Todes ſelbſt nahet heran,
Mit zahlloſen Augen angethan,
Woraus er die tödtlichen Blicke entſendet
Und Das Sein der armen Sterblichen endet.

Und er sprach: „Gott hat Dich gekrönet mit Ehre,
Du bringest der Erde die himmlische Lehre,
Die fern hält den Tod, Balsam für Plage;
Denn Gottesfurcht verlängert die Tage.
Ich bin der Tod und bin auch der Trieb,
Der Thoren machet die Sünde lieb,
Die in den Abgrund den Bösen stürzt;
Denn die Jahre der Frevler werden gekürzt.
So bringe den Sterblichen Gottes Gebot
Und rette die Seelen vom ewigen Tod." —
Sprach's und behändigt' ihm Weihrauchgaben,
Schwerkranke zum Leben vom Tode zu laben;
Sie waren's, die Aron dem Volke bot,
Als zwischen das Leben er trat und den Tod. —

Der alle Propheten überwieget,
O Moses! so hast Du die Engel besieget
Und brachtest vom Himmel das Wort zur Erde,
Daß hier zum Baume des Lebens es werde,
Der über die Menschheit die Zweige entfalte,
Zum Paradiese die Welt gestalte. —

XXXIII.

Abraham lobt die Arbeit.

(Jalkut Genesis. 62.)

An Abraham einst erging das Wort:
„Zieh von der Heimath, vom Vaterhaus fort
Zum Lande, das ich Dir zeigen werde."
Und er zog durch die Paradiese der Erde,
Durch blühende, sonnig leuchtende Gauen,
Wo Herrlichkeit rings und Pracht zu schauen,
Natur, die verschwendende Spenderin,
In Fülle streuet die Gaben hin,
Daß wenig Mühe und Arbeit genügt,
Die Trägheit den Fleiß um den Lohn betrügt.
Da schlürften die Menschen mit tiefen Zügen
Aus vollen Kelchen nur süßes Vergnügen;
Die Weiblein lachten, die Männlein sangen,
Die Mägdlein hüpften, die Büblein sprangen,
Leichtlebige Lust auf jedem Gesicht —
Erzvater sprach: „da gefällt es mir nicht!
Herr, möchten meine Kinder einst wohnen,
Wo Tugend und Arbeit einander belohnen."

Und er zog zu Asias westlichstem Lande,
Sah Tyrus, die hohe, am Meeresstrande;

Gewerbe blüheten weit und breit,
Webstühle sausten voll Emsigkeit;
Der Schiffer pflügte die Meereswelle,
Die Scholle furchte der kräft'ge Geselle;
Freithätiges Schaffen überall,
Bei heiteren Fleißes Liederschall.
O möchten in so gesegneten Zonen,
Rief Abraham, meine Kinder einst wohnen!"
Da sprach der Herr: „in benachbarten Gauen
Soll'n Deine Kinder das Land anbauen
Das ihnen von Milch und Honig fließe,
Daß Freude den Lohn der Mühe versüße!" —

O herrliches, jetzt verödetes Land,
Wie prangtest Du unter Israels Hand!
Da trugen sie Erde an Felsen hinauf
Und pflanzten Cypria's Rebe darauf;
Da sorgte der Aussaat ihr Pflüger und Pfleger;
Da jauchzte der Ernte der Garbenträger;
Da zogen die Stämme nach Zion empor,
Danksingend dem Herrn mit jubelndem Chor.

Ach, schönes Volksthum, längst bist Du verfallen,
Schakale auf Zions Höhen wallen;
Aus seiner Heimath ward Jakob vertrieben —
Doch Fleiß und Freude sind treu ihm geblieben.
Als ihnen von Selbstsucht und neidischem Grolle
Allwärts versagt war die eigene Scholle,

Die einst sie doch so herrlich bestellt
Im Weinberg und auf dem Saatenfeld;
Die Kost des Elends genossen sie,
Doch Brod der Trägheit aßen sie nie.
Und unter des Druckes schnürendem Zwang
Erweitert, erheitert die Brust Gesang,
Ein Zeugniß, daß mit der Sitte im Bund,
Das Herz und die Seele blieben gesund. —

O Ihr, auf der Freiheit leuchtender Bahn
Geschritten zu helleren Tagen voran;
Beglückte, die wieder ihr dürfet sagen:
„Dies Brod hat mir mein Acker getragen,"
Freut euch am gewonnenen Vaterland
Und rühret zur Arbeit rüstig die Hand!
Glaubt nicht, Glück sei, mit tiefen Zügen
Aus vollen Kelchen trinken Vergnügen;

Nein, nein! Wenn Vergnügen die Herzen soll stillen,
Dann ist die Lücke nimmer zu füllen.

Gedenket, was einst Erzvater geredet,
Um welchen Segen zu Gott er gebetet,
Und mögen Eure Kinder stets wohnen,
Wo Tugend und Arbeit in Freude sich lohnen.

XXXIV.

Sodoms Entartung und Strafe.

(Ein Sagenkreis.)

————

1. Die Aderlässe.

Nun will ich erzählen von Sodoms Art,
Wie die alten Sagen es aufbewahrt.
O Gottes Gericht, wie warst Du gerecht,
Zu strafen solch tief entartet Geschlecht!

In einem Thale, Eden gleich,
Lag stolz die Stadt, an Allem so reich.
Da hieß es: „Welt, wir bedürfen Dein nicht;
Fern bleib' uns, und fern die gastliche Pflicht!"
Und sie machten Verhaue von Dornengezweigen,
Aus unnahbaren Distelgesträuchen,
Ungangbar die Wege rings zu gestalten,
Fern ab den verhaßten Fremdling zu halten.

Kam dennoch zur Stadt ein Wandersmann,
Anfeindet ihn Alles, wie Bosheit nur kann,
Und bis auf das Blut wird er geschlagen.
Und geht er nun, bei dem Gerichte zu klagen,
Da sitzen die hohen Rechtsgelehrten,
Mit ernsten Gesichtern und langen Bärten,

Den Blick zum Himmel gewendet, entzückt,
Als hätten sie Gott in den Wolken erblickt,
Doch Tücke nistet tief in der Brust
Mit siebenfältiger Schadenlust;
Und Lügmann und Trügmann und Kriegmann nannte
Man die mit dem Recht so vertraute Bande.

Und wie lautet ihr Spruch? Zum Angeklagten
Schuf man den Kläger um — sie sagten:
Der brave Mitbürger! Er nahm Dir Blut,
Das spart Dir zur Ader zu lassen; wie gut!
Sein Lohn soll in fünf Denaren bestehen;
Kein Meister hier thut es Dir unter zehn.
Fünf kostet der Spruch. So preis' Dein Geschick,
Bezahle und geh und kehr' bald zurück.
So fügten zum Unrecht sie noch den Spott —
O zittert ihr Frevler; es richtet ein Gott! —

Einst kam Elieser, der wackre Geselle,
Daß von Abraham Botschaft an Lot er bestelle.
Auch der ward mißhandelt, bis auf's Blut geschlagen;
Doch als er den Richter den Spruch hört sagen,
Da kochet sein Zorn, und heldenhaft
Schlägt er mit der Faust in wuchtiger Kraft
Dem schlechten Richter in's Angesicht,
Daß Blut nachströmet — worauf er spricht:
Jetzt zahle Jenem an meiner Statt,
Der so gütig zur Ader gelassen mir hat.

2. Das Streckbett.

Weh, wenn auf den Unheilsgedanken kam
Der Wandrer, daß dort er Herberg nahm!
Ach, welch entsetzlichem Schrecken und Graus,
Du Armer, setzest die Glieder Du aus! —
Ihr habt vom Bett des Prokrustes gehört,
Und Eure Seelen wurden empört;
Doch Jener nicht hat den Frevel begonnen,
In Sodoms Mauern schon ward er ersonnen.

Sie hatten, o Hohn der Gastfreundlichkeit,
Für alle Gäste Ein Gastbett bereit,
Das gerade für Jeden mußte passen,
Genau nach der Länge den Schläfer zu fassen.
Und war er zu klein, dann ohne Erbarmen
Ausreckten sie die Glieder dem Armen;
Doch war er zu groß, ha, furchtbar³ erdacht!
Ward er um ein Stücklein kürzer gemacht.
Oh, wie doch im Quälen der menschliche Geist
Sich grausam erfinderisch stets erweist!

Als dorthin gekommen nun Knecht Eliefer —
Er war als das Bett um ein gut Stück größer —
Da baten sie freundlich, er mög' sich bequemen,
Besitz von ihrem Gastbett zu nehmen.

„Entſchuldigt,“ ſprach der wackere Mann;
„Ich habe ein heilig Gelübde gethan,
Als Mutter Sara geſtorben, die Fromme,
Daß nimmermehr in ein Bett ich komme.“
So zogen ſie ab mit langem Geſicht,
Und kürzer ward Langelieſer nicht.

---

3. Die edle Jungfrau.

Kam pilgernd ein Armer in ihre Mitte,
Da hatten ſie eine ganz eigene Sitte.
Ihm pflegte Jeder Geldſpenden zu reichen,
Woran des Gebers erkennbares Zeichen.
So ſollte der Arme inmitten der Gaben,
Auch einmal den Vorſchmack des Reichthums haben.
Doch da ſie den Fremdling ſo tief gehaßt,
So galt ein Geſetz, daß man dem Gaſt,
Bei ſchwerer Strafe an Leib und Leben,
Nicht Nahrung durfte verkaufen noch geben.
So ſtarb er. Jetzt kamen ſie munter gegangen,
Um ihre Spenden zurückzuerlangen.
O Frevler, mit grundverderbten Herzen,
Wie wagtet ihr's, ſo mit dem Elend zu ſcherzen?

Da lebt in der Stadt ein Mägdelein,
So fein von Geſtalt wie von Herzen rein,
Ein himmliſches Abbild göttlicher Güte;
So glich ſie der Myrthe in zarter Blüthe,

Die, mitten unter Dornen gestellt,
Den Duft und den Glanz und die Anmuth behält.
Die Sünden der Stadt beweinend, Erbarmen,
Beseelt sie mit dem hinschmachtenden Armen;
Nie lenkt sie gen Abend zum Brunnen den Schritt,
Sie nimmt verborgen im Kruge stets mit
Ein Labsal, das sie dem Fremdling reicht,
Ihm klug und geheim den Pfad anzeigt,
Der ungesehn ihn führ' aus der Stadt
Mit Allem, was dort er gesammelt hat.
Vergeblich forschen sie früh und spät:
Wer ist es, der unsere Stadt verräth?
Den Bettlern, den Fremdlingen Beistand gewährt
Und täglich unsere Verluste mehrt?
Bis endlich die eigenen heiligen Thaten
Die edelste beste Jungfrau verrathen.
Jetzt kochet der Zorn, und die Rache erglüht —
Wie wird Dir's ergehen, Du trefflich Gemüth?
Sie schaudern vor dem Entsetzlichstem nicht —
Nun säumst Du nicht lang mehr, o Gottes Gericht!
Man läßt auf eine Höhe sie führen,
In Bande die holden Glieder schnüren
Und ihr, o Grausamkeit ohne Gleichen,
Die zarte Gestalt mit Honig bestreichen,
Um sie und ihr menschenwürdigstes Leben
Der Sonn' und den Bienen preiszugeben.
Da schreit die Gemarterte: wehe! wehe!
Und die Erde erbebt, und es zittert die Höhe,
Und die Engel schauern entsetzt empor,

Zum Weheruf wird ihr preisender Chor;
Und Seraphim, Cherubim stimmen ein:
Herr, wirst Du dem Frevel noch Nachsicht leihn?

Mit Einem Mal wird's weithin stille —
Das war die Zeit, wo aus sterblicher Hülle
Zu Edens Gefilden aus Sodoms Gebiet
Die einzige edle Seele schied.

---

4. Das Gericht.

Jetzt aber hüllt sich der Himmel in Gluth
Und sein Gewand ist Feuer und Blut.
Die Blitze zucken, der Donner rollt;
Aufschäumet das Meer, die Windsbraut grollt
Und aus dem verschlossenen Abgrund brechen
Vulkane hervor in siedenden Bächen.
Urkräfte entfesselt, mit sich im Kampf,
Entsenden Asche und Schwefeldampf;
Das strömet im Schwefelregen wieder
Zerstörend zur bebenden Erde nieder.
Da stirbt auf den Lippen der halbe Spott;
Denn ganz und groß straft Gott, ja, Gott! —
So wurde dem Untergange geweiht
Die Sodomitische Herrlichkeit,
Und wo die Stadt, die blühende stand,
Ist ringsum ausgebranntes Land;

Da grünet kein Blatt, da hauchet kein Duft,
Tod athmet die schweigende Grabesluft.
Da singet kein Vogel aus heiterer Brust;
Im Abgrund feiert die tobende Lust,
Und wo man den Wand'rer so tief gehaßt,
Da weilet kein Pilger, da säumet kein Gast,
Denn aus dem Salzmeer Schwefelgeruch
Verkündet des Lasters ewigen Fluch. —

Und als auf Sodom vom Herrn der Schaaren
Die flammenden Schrecken herniedergefahren,
Sah Abraham von dem heimischen Stand
Rauchsäulen entsteigen von Jordans Strand
Und eine Thräne des Mitleids weinte
Er, der mit Gerechtigkeit Milde vereinte.
Er hat so inständig ja im Gebet
Vom Richter der ganzen Erde erfleht,
Daß Gott doch der Stadt vergeben möchte,
Und fänden sich dort nur zehn Gerechte —
Nicht Einer war dort! — Aus Noth und Tod
Um Abrahams Willen fand Rettung Lot —
Doch wehe! wehe! — schlimmer als Sterben,
Nahm Lot aus Sodom mit das Verderben;
Und seine Töchter, noch auf der Flucht,
Entehrten die Sitte, entsagten der Zucht --
O flieh wie die Sünde die Nähe der Sünder,
Und halte vom Unheil fern Deine Kinder! —

So schließe als Trost, Haus Abraham,
Wohin von Sodom Entartung nicht kam!

In Deiner gottgeheiligten Mitte,
Da waltete Segen, da herrschte die Sitte;
Und, hoher Vater, in Mamre's Hain,
Wie weiltest Du glücklich im Bruderverein!
Denn Freund war dem Freunde nie zugethaner,
Als Dir Freund Eschkol, Freund Mamre und Aner.
Und nach den vier Seiten war offen Dein Zelt
Der armen, der müden, der dürftigen Welt.
Den Wand'rer erquickte Dein freundlicher Gruß,
Dein Wasser erfrischte den matten Fuß;
Für reiche Labung, wohlthuende Rast
Ließ Segen zurück der dankende Gast,
Und Engel gingen ein und aus
In Dir, du gotterleuchtetes Haus!

Um Sodom noch heut starrt öde der Raum;
Doch ewig auf's Neue ergrünet der Baum
Vor Abrahams reichgesegnetem Zelt
Und schattet auf ewig die dankbare Welt.

XXXV.

Frucht und Stroh.

Zum Korn sprach stolz der Halm und laut:
„Weißt, Bürschlein! für Wen das Feld man baut?"
Das Korn, im Werden schon fühlet es sich
Und spricht: „sie sagen, man baue für mich."
Da lachte der Lange: „für Dich? Du Thor!
Sieh'st nicht, wie hoch ich strebe empor?
Voll Lebensmuth, so frisch und kühn,
Und wie mich die Strahlen der Sonne durchglühn,
Indeß Du liegst im dunklen Raum,
Und Licht und Luft berühren Dich kaum?
Ha, Selbstüberschätzung ohne Gleichen!
Wie kannst Du Dich über mich versteigen?"
Da lächelt das Korn: „Du leerer Geselle,
Laß mich doch ruhen in stiller Zelle!
Ich wachse, ich reife — einst sagt Dir's die Welt,
Ob für Dich, ob für mich das Land wird bestellt!
Die Dinge werden einst kommen so!
Ich werde Frucht und Du wirst Stroh." —

XXXV.

Salomo und Asmodai.

Ein Märchen=Cyclus. Talmud, Gittin S. 68 u. folg.

---

1. Kein Eisen!

Ist das nicht wirklich höchst wunderbar?
Kein eisernes Werkzeug im Brauche war
Zum Bau am erhabenen Heiligthum,
Das Salomo weihte zu Gottes Ruhm;
Allein so ist es, behauptet das Märchen;
Und willst Du Dich freuen an alten Histörchen,
Dann mußt Du, so denk' ich, vor allen Dingen
Den alten guten Glauben mitbringen. —
Auch ist die Deutung dafür recht sinnig;
Ihr Beifall zu zollen bereit gern bin ich,
Das Eisen schafft Krieg und trennenden Streit;
Das Heiligthum aber voll Herrlichkeit
Umschlinget friedlich die Menschengenossen,
Drum wurde das Eisen ausgeschlossen;
Wie ehedem ja beim Opferaltar
Von Moses schon heilig geboten war. —
Wohlan! so setzen getrost wir's voraus:
Kein eisernes Werkzeug beim Tempelhaus!

---

2. Der Schamir.

Als Salomo nun im Begriffe stand,
An's heilige Werk zu legen die Hand,
Da fraget er an bei den Schriftgelehrten,
Welch Mittel sie wohl empfehlen werden,
Daß Gottes Haus er möchte bauen
Und ohne Eisen die Steine behauen.
Und Jene erwiedern: „der Herr der Macht
Hat Dem bei der Schöpfung schon vorgedacht,
Und am sechsten Tag in der Dämmerstunde
Schuf er, mit anderen Wundern im Bunde,
Den Schamir*), das staunungswürdigste Wesen,
Schon damals zum heiligsten Dienste erlesen,
Das himmlische Kräfte in sich trägt
Und alle Steine zersägt und zerlegt,
Die man mit demselben zusammenbringt —
Den Schamir erwirb, und Dein Werk gelingt."

Und der König, der Außergewöhnliches liebt!
Ruft schnell: ha, wer mir den Schamir doch gibt,
Die Inschrift der Steine am Brustschild zu graben.
Drauf Jene: „seit einst sie benützt ihn haben,
Ist er durch Raub abhanden gekommen;
Man sagt, ihn haben die Schedim genommen."

***

*) Nach den Auslegern: ein Wurm.

3. Die Schedim.

Wer sind die Schedim? Das sind die Dämonen,
Die zahlreich im Lande der Dichtung wohnen,
Von Phantasie dazu ersehen,
Daß zwischen Engeln und Menschen sie stehen,
In ihrem Wesen so mannigfaltig,
In Namen und Formen so vielgestaltig.
Im Mondschein webend den luftigen Reihen,
Sind es die hold anblickenden Feien;
Im hoch romantischen Reich der Berge,
Die freundlichen Gnomen, die neckischen Zwerge,
Auf heimischem Flur im Küchenſolde,
Die Wichtelmännchen und Hauskobolde —
Die Schedim aber, lufthochgeboren,
Hat Salomos Macht zum Dienst sich erkoren.

Und als nun dem König die Kunde gekommen,
Die Schedim hätten den Schamir genommen,
Entbrannte sein Zorn, daß heilig er schwur:
„Wir wollen schon kommen auf euere Spur!"
Und ein Geisterpärchen nimmt er gefangen,
Läßt hart sie an mit strengem Verlangen:
Wo ist der Schamir? Das sollt ihr mir sagen,
Sonst will ich in ewige Fesseln euch schlagen!
Da zittern die Geister, es winseln die Armen:
„O hoher Meister, hab' mit uns Erbarmen;

9*

Wir wissen ja nicht, wo der Schamir sei,
Das weiß nur der König Asmodai,
Der hinter den finsteren Bergen wohnt
Und dort als König der Schedim thront."
Und Salomo spricht besänftigt: „wohlan,
Zeigt meinem Boten dorthin die Bahn!"

Und er ruft Benajah und spricht: „mein Held,
Der mich auch im Rathe so wohl bestellt,
O Sohn Jehojadas, verlasse Dein Haus
Und zieh' für ein heiliges Werk mir aus!
Den Asmodai mir gefangen bringe;
Nimm diese Kette nebst meinem Ringe —
Der heilige Name ist drein gegraben,
Vor dem die Schedim groß Ehrfurcht haben —
So führe den Fürsten der Geister zu mir;
Sei rüstig und stark, und Gott sei mit Dir!"

Benajah nimmt nun vom feurigsten Wein,
Gießt ihn in sichere Schläuche ein,
Macht sich auf den Weg, von den Schedim geführet,
Bis Asmodais Wohnung sie aufgespüret,
Der sich so eben zum Himmel erhoben,
Zu lauschen auf die Geheimnisse droben.

———————

4. Der Wein feffelt den Geist.

An Asmodai's Sitz war eine Cisterne,
Da weilet der Fürst der Geister so gerne,
Sich labend an der erquickenden Fluth,
Die ihm erfrischt das unsterbliche Blut.
Ein Pförtlein war sorgsam angebracht,
Dran. lag ein Siegel mit Vorbedacht,
Und Asmodai stets, wann er wiedergekehrt,
Prüft scharf, ob sein Siegel noch unversehrt.

Nun sinnt Benajahu, wie er arbeite
Und unvermerkt die Fluthen ableite;
Gräbt unter und über'm Behälter sein
Zwei Gruben, bohrt Oeffnung im Boden ein
Zum Abfluß für des Wassers Ergüsse,
Damit er das Siegel nicht brechen müsse;
Verwahret den Durchlaß hermetisch fest,
Daß keinen Tropfen durchsickern er läßt;
Durch Oeffnung von oben gießt er dann ein
Den himmlisch duftenden Feuerwein
Und füllt mit dem Saft der Cisterne Raum.
Nun steigt. er auf einen benachbarten Baum,
Zu schauen, was gescheh' auf der Erde,
Wann Asmodai wiederkehren werde. —
Da rauscht es durch die Lüfte gewaltig;
Der Geist schwebt nieder, engelsgestaltig,

Und wandelt auf seinem Eigenthum
Zum ungeflügelten Menschen sich um.
Doch wie er seine Cisterne schaut,
Er kaum den eigenen Sinnen traut;
Denn sieht er das Siegel erhalten auch,
Ihn überwältigt der würzige Hauch,
Der als das Pförtlein er aufgeschlossen,
Sich weit und weiter im Raum ergossen.
„Ha," rief er, „Wein! Fürst Salomo spricht,
Du seiest ein Spötter, aufrührischer Wicht,
Und wer sich in Deine Gesellschaft verloren,
Der scheide nimmer vom Kreise der Thoren.
Ja; feurig Getränke und Sinnenrausch,
Sie nehmen das Herz gefangen in Tausch."
Allein ob voll Weisheit auch diese Phrase,
Ihm steigt doch zu stark der Duft in die Nase;
Er wird bezwungen und trinkt, und trinkt,
Bis tief er in Rausch und Taumel versinkt.

Wie nun er so dalag in seligem Traum,
Da steigt Benajahu ganz sachte vom Baum
Und legt ihm die Kette, das Siegel um,
Gefeit mit dem zwingenden Heiligthum.
Da schauert der Geist zusammen im Schlaf,
Als ob ihn ein Strahl vom Himmel traf;
Auf fährt er, und sinket wieder zurück,
Als schnürt ihm den Odem ein Strick im Genick,
Und knirschend fragt er: ha, wagest Du,
O Menschlein! zu stören des Mächtigen Ruh?

„Ob Dir ist der Name Deines Herrn!
Ob Dir ist der Name Deines Herrn!"
Ruft Jener zweimal, und Asmodai schaut
Den Namen, vor welchem den Schedim graut.
Da wird er ruhig, und spricht alsbald:
„Was willst Du? ich bin in Deiner Gewalt!" —
Darauf Benajahu: „Dir wird nichts geschehen;
Du sollst nur mit mir zum Könige gehen,
Und unser Gebieter wird selbst Dich verpflichten
Zum Werke, gehorsam auszurichten."

5. Unterwegs.

Und Asmodai folgt, den Zorn in der Brust,
Zur Knechtschaft gepreßt, der Kraft sich bewußt,
So grollet der Leu, mit dem Blute so heiß,
Der sich im Banne des Bändigers weiß.
Palmbäume begegnen seinem Schritt,
Er stürzet sie um mit Einem Tritt;
Ein Haus, in seinen Weg gestellt,
Er lehnt sich daran, daß in Trümmer es fällt.
So will er auch thun mit der Wittwe Haus,
Doch händeringend stürzt sie heraus:
„O schone, daß mir mein Häuschen bleib';
Ich bin ein armes, gar armes Weib!"
Da zieht den gewaltigen Leib er zurück,
Verletzt sich den Arm am Schulterstück

Und scherzt: „wie richtig Herr Salomo spricht:
„Die milde Zunge Gebein zerbricht." —
Ein Blinder kam — er reicht ihm die Hand;
Ein Trunkner — er führt ihn auf sichern Stand,
Ein Brautzug mit klingendem Spiel erscheint,
Da wendet das Auge er weg und weint;
Ein Fußbekleider am Wege hält,
Bei welchem ein Mann sich Schuhe bestellt,
Mit der Bedingung, daß sieben Jahr
Er gehen könne in einem Paar.
Da schlägt er die Hände über den Kopf
Und lächelt wehmüthig: „Du armer Tropf!" —
In seiner Bude ein Zauberer stand,
Trugkünste vorgaukelnd allerhand,
Und Asmodai lacht: „Thor, wenn Du wüßtest,
Was unter Dir liegt, selbst lachen Du müßtest!"

Da fragt Benajahu: o sage mir an,
Was soll dies, was Du gesagt und gethan?
Drauf Jener: „der Blinde zählt zu den Frommen
Und über ihn hab' ich im Himmel vernommen,
Daß Dem, der den Heiligen Gutes erweist,
Die ewige Seligkeit Gott verheißt.
Der Trunkne hat Viele mit Bösem betrübt,
An Wenigen einiges Gute geübt;
Für Jenes wird einst in der Hölle er büßen,
Doch Dieses soll er noch auf Erden genießen.
Die Braut, die arme, die ich beweint,
Weil, ach, sie zu bald nur als Wittwe erscheint,

Muß warten dann dreizehn Jahr auf den Mann,
Den kleinen Schwager, der freien sie kann,
Der Thor mit den Schuhen auf sieben Jahre,
Nach sieben Tagen schon liegt auf der Bahre;
Doch unter dem Zauberer ist gelegen
Ein Schatz von unermeßlichem Segen,
Und Er, der Prophet, der Alle betrügt,
Weiß nicht, was unter den Füßen ihm liegt!
Mich aber, dem Gottes Geheimniß bekannt,
Schlug eigene Thorheit in Sclavenband."

———

6. Vor Salomo.

So zogen sie unter Gottes Namen,
Bis sie zum Hofe Salomos kamen.
Als nun dem König die Kunde gekommen,
Wie Asmodai sich im Zorn übernommen,
Rief er: „nun üb' er drei Tage Geduld
Eh' ihn empfange die fürstliche Huld!"
Am ersten Tage nun Asmodai spricht:
Empfängt mich heute der König nicht?
„Er sitzt gar heiter beim Weingelage
Und wird Dich empfangen am künftigen Tage."
Da zürnt er und grollt: „auch ich war einst frei!"
Und Ziegelsteine trägt er herbei,
Die Einen er über die Andern legt,
Womit er im Zorne die Zeit todtschlägt.

Am anderen Morgen er schmollend spricht:
Empfängt mich auch heute der König nicht?
„Heut hat er große Tafel geladen,
Doch morgen empfängt er Dich sicher in Gnaden.“
„Schmach!“ murmelt er, weiß kaum sich zu fassen;
„Muß Das sich ein König gefallen lassen?“
Und wieder er Ziegel auf Ziegel legt,
Womit er im Zorne die Zeit todtschlägt.
Als er nun am Dritten vor Salomo kam,
Ein großes Rohr zur Hand er nahm,
Das er in vier gleiche Stücke zerbrach
Und warf's dem König zu Füßen und sprach:
„Ruchloser! vier Ellen gewährt man einst Dir,
Dich einzuschließen und Deine Begier,
Und jetzt nicht genügt Dir die Welt zu besiegen,
Mußt unter Dein Joch auch mich noch fügen?
Doch Salomo, der weiseste König,
Nicht hadernd mit dem, der ihm unterthänig,
Erwiedert in seiner huldreichen Manier:
O Fürst der Geister, willkommen sei mir!
Nicht Ungebühr soll hier Dir geschehen;
Du sollst mich nur mit dem Schamir versehen.
„Der Schamir ist nicht in meiner Gewalt;
Und ihn erlangen magst Du nicht bald.
Der Fürst des Meeres besitzet ihn jetzt
Und hat in die treueste Hut ihn gesetzt.
Tief in der Berge geheimstem Schacht,
Wo Felsen hoch steigen aus feuchter Nacht,
Dort horstet als Wächter der Auerhahn,

Der einen hochheiligen Schwur gethan,
Er wolle eher lassen sein Leben,
Als das ihm vertraute Kleinod preisgeben." —
„Und kennst Du den Weg?" — „Ich kenne ihn!" —
„Wohlan! so führ' Benajahu dahin,
Und sowie er Dich verstand zu besiegen,
Wird seiner Klugheit das Andre sich fügen."
Der König sprach's; so ward es beschlossen,
Und Asmodai folgt, ob tief auch verdrossen,
Und murmelt: „der Tag der Rache wird nahn,
Da will ich gedenken, was Du mir gethan!" —

---

7. Zum Auerhahn.

So zog Benajahu nun wieder vom Haus
Im Dienst des geliebtesten Königs aus.
Sie ziehen durch Wüsten, durch öde Steppen,
Weit über des Hochlands steilführende Treppen,
Durch finstere Schluchten unwegsam,
Wohin noch kein Wandrer die Richtung nahm;
Wo hausen der Wildniß Ungeheuer;
Wo hinter, von Gott erbautem Gemäuer
In einsamer Kluft der Auerhahn nistet,
Den Held Benajahu schlau überlistet
Mit einem Mittel, das er mit Bedacht
Aus Königs Schätzen mitgebracht;
Ein Mittel, vertrauet uns weit und breit,
Zu Salomos Zeiten noch Kostbarkeit.

8. Hinter Glas.

Phönicia, Du herrliches Land,
Am leuchtenden, segelerglänzendem Strand,
Das unter so vielen trefflichen Dingen,
Die künft'gen Geschlechtern noch Segen bringen,
Den Stoff uns erfand, hell gleich dem Cryſtalle,
Dem Hauſe ein Schmuck, wie der fürſtlichen Halle,
Abwehrend den Sturm, einladend das Licht;
Treu ſpiegelnd das Geſicht dem Geſicht:
Sei nun mir gegrüßt! Benajahus Witze
Kam Deine Erfindung glänzend zu Nütze."

Der Auerhahn war ausgeflogen,
Auf Beute für ſeine Jungen gezogen;
Die kauern zuſammen noch ziemlich unflügge,
Und ſpeiſen gemüthlich Würmlein und Mücke.
Nicht ahnend im Traum die große Gefahr,
Die doch den Armen ſo nahe war!

Da ſchleicht Benajahu heran ganz ſacht,
Im Mantel das Glas, das er mitgebracht,
Deckt über das Neſt die blanke Scheibe
Und ſorget, daß unverſehrt es bleibe.
Nun waren die zirpenden Hähnlein gefangen;
Nicht konnte der Vater zu ihnen gelangen.
Geraucht kommt dieſer im Fluge herbei,
Verzweifelt, wie er die Kleinen befrei'.

Da holt er den Schamir: „der sprengt ja Gestein!
Er soll mir die theueren Kinder befrein."
O Unglückſel'ger! mich jammerſt Du ſehr! —
Schnell fällt Benajahu über ihn her,
Entreißt ihm den Schamir und ruft: mein! mein!
O König, wie ſoll das willkommen Dir ſein!"
Und der Vogel, in ſeiner edlen Natur,
Wie er nun gebrochen ſiehet den Schwur,
Stürzt wild an den Felſen ſich mit dem Haupt
Und gibt ſich den Tod, des Friedens beraubt.

9. Ein gefährlicher Freund.

Nun zieht im Triumph Benajahu nach Hauſ,
Und Salomo rüſtet ein Gaſtmahl aus
Und baut ohne Eiſen und baut ohne Noth
Den Tempel gar herrlich nach Gottes Gebot,
Jetzt aber fühlt er ſein hohes Gemüth
Von Dank für Asmodai's Dienſte erglüht
Und ſpricht zu Dieſem: „jetzt bleibſt Du bei mir,
Und fürſtliche Ehren erweiſe man Dir;
Sei Bruder und Freund mir und Dein Rath
Begleite in Weisheit meinen Pfad.
Als Schüler führ' in Dein Wiſſen mich ein,
Und der Nächſte hier ſollſt nach dem König Du ſein."
Doch Kette und Ring abnahm er ihm nicht,
Behielt ihn abhängig in Dienſtes Pflicht.

Und alle Ehren und Freundschaftsbande,
Sie gleichen nicht aus der Knechtschaft Schande!
Das drückt nur noch tiefer mit Zentnergewicht,
Durch Ehren abkaufet man Ehre nicht;
Und Asmodai denkt: „einst kommt der Tag,
Wo er mir mit Zinsen die Schuld abtrag'."

Und mit Falschheit und mit Heuchelkunst
Befestigt er sich in des Königs Gunst;
So hat noch kein Höfling Jenem geschmeichelt,
Mit sammtner Pfote den Stolz ihm gestreichelt,
Daß einst er sicher, die lauernde Katze,
Ihn fasse im Sprung mit tödtlicher Tatze.
Und er nimmt den König gar fein in die Lehre,
Daß er ihm Unterweisung gewähre
Von Allem, was im Himmel, auf Erden;
Von Dem, was da war, was einst wird werden;
Er führt ihn in Feld= und Waldreviere
Und lehrt ihn die Sprachen aller Thiere;
Er schließt ihm die Seelen der Pflanzen auf
Und zeigt ihm der Wesenkette Verlauf,
Daß er im Innersten lese der Dinge,
Im Gleichniß Natur zur Erscheinung bringe.
So über dem menschlichen Maßstab groß,
Stieg höher die Weisheit Salomos;
So spiegelt im wachsenden Strome der Zeit
Sich seine steigende Dankbarkeit;
So ward er, vom falschen Geiste umgarnet,
Und Niemand, ach, Niemand hat ihn gewarnet! —

10. Die Falle.

Und also zu Asmodai sprach einst der König:
„Viel lehrtest Du mich, doch immer sehn' ich
Mich neu nach des Wissens unendlicher Fülle,
Und nimmer schweigt das Verlangen stille.
Dein eigenes Wesen so wunderbar,
Das stets mir ein Räthsel unlöslich war,
Das schließe mir auf und zeige mir,
Wie gab so Großes die Allmacht Dir?"

Und tief aus dem Groll und bittern Verdruß
Entströmet dem Geiste der Rede Erguß:
„Wie? Ich mein Innerstes Dir entfalten
Da Kette und Ring gebunden mich halten?
Nur frei erschließen die Wesen sich ganz,
Wie Blumen in Luft und Sonnenglanz!
Nun habe ich Dienste so viel Dir erwiesen;
Nun hast Du als Freund so oft mich gepriesen —
So kniee, so bitt' ich zu Deiner Krone:
Schenk Freiheit mir zum verdienten Lohne;
Dann sollst Du mein Innerstes wohl erfahren,
Dann will ich mein Wesen Dir offenbaren,
Dann lerne meine Kräfte erst schätzen,
Die Dich in hohe Bewund'rung versetzen,
Der Du das Hohe und Selt'ne liebst —
Wenn Du in der Freiheit mich selbst mir gibst."

O Salomo, Salomo habe wohl Acht!
Dein guter Engel Dich nimmer bedacht.
Einst hatte die himmlische Gnade verheißen,
Gott selbst Dich werde erhöhen zum Weisen,
Du aber bist von ihm abgefallen
Zu einem seiner schlimmsten Vasallen;
Du schöpfest aus fremder, falscher Quelle,
Und Gift ins Getränk mischt Dir der Geselle."

---

11. Der Tag der Rache.

Als Asmodai nun, voll Sorg' und Verlangen
Die Antwort des Königs erwartet mit Bangen,
Sprach dieser voll Huld: „nie war ich Dein Feind.
Ein Schlag vom Freunde ist wohlgemeint —
Und jetzt erkenne die Großmuth an,
Wann ich Dir in Gnaden den Willen gethan" —
Und nimmt ihm ab den Ring und die Kette —
Ha, Salomo, daß der Himmel Dich rette!
Denn Asmodai dehnt sich zum Ungethüm,
Reißt an sich den Ring mit Ungestüm
Und schleudert gewaltig ihn hoch in die Luft;
Flieg hin, flieg hin, triumphirend er ruft;
Flieg hin bis zum Meer und sinke hinein!
Dort sollst Du auf ewig begraben sein,
Daß Freie Du nimmer der Knechtschaft aushändigst,
Nicht edle Fürsten zu Sclaven bändigst!" —

Und hoch flog der Ring, und dem Geiste gewaltig
Entwachsen zwei Schwingen riesengestaltig;
Die eine stemmt an die Erde sich an,
Die andere berührt den Himmelsplan;
Auf sperrt er den Rachen, den König verschlingt er
Und weit hinaus in den Raum ihn schwingt er —
In alten Büchern stehet zu lesen,
Es sei auf vierhundert Meilen gewesen —
Und doch so merkwürdig und wunderbar,
Daß es ihm gekrümmet kein einzig Haar.
Dann wandelt er sich in des Königs Gestalt
Und setzet sich auf die Krone alsbald,
Und Alle knieen und fallen vor ihm nieder,
Als sei er Juda's geborner Gebieter,
Nur Held Benajah mißtrauet dem Blick
Und ziehet sich scheu vom Hofe zurück.
Allein die großen frommen Gelehrten
Den Lügner als Gottes Gesalbten verehrten,
Erweisend dem falschen Schedimkönig
Die heiligste Furcht und Pflicht unterthänig.

---

12. Prediger Salomo.

Und Salomo, alles Glanzes entkleidet,
Ein armer Mann durch die Lande schreitet,
Und überall ernste Predigt hält
Er über die Eitelkeit dieser Welt:

10

„Geschlechter werden, Geschlechter vergehen,
Die Erde aber bleibt ewig stehen;
O Mensch, der hienieden so viel sich bemüht,
Wo ist die Errungenschaft, welche Dir blüht?
Lust wechselt mit Schmerz und Schmerz mit Wonne,
Und Neues nichts gibt es unter der Sonne;
Was ist, das war, und was war wird werden,
Denn nichtig und flüchtig ist Alles auf Erden!"

„Sohn Davids, Ich zum Throne erlesen,
Jerusalems König bin ich gewesen;
Die Freuden der Welt ich kostete alle
In meiner strahlenden Herrscherhalle,
Und meine Klugheit auch stand mir bei,
Wie recht zu genießen das Leben sei.
Ich bauete Gärten mir und Paläste,
Und Fürstinnen kamen zu mir als Gäste,
Ganz Morgenland hat mir Tribut gezollt,
Arabiens Würze und Ophir's Gold.
Ich hielt mir Sänger und Sängerinnen;
Was Menschenkinder entzückend heißen,
War mein, ich durfte mich größer preisen
Als Alle die vor mir gewesen sind,
Und Alles war eitel, und jagen nach Wind,
Und Nichts von Bestand; Nichts hielt mir die Treue,
Und mein geblieben ist nur die Reue!"
Und wie ihn die Welt so predigen hört,
Von Wahnsinn halten sie ihn bethört;

Wie schön er auch und wie weise sprach,
Gemeinheit fraget nimmer darnach;
Er wird des Spottes und Hohnes Ziel —
Die Weisheit der Armen gilt ja nicht viel! —
Da denket er schmerzlich der frühern Bethörtheit,
Wie mitten in Weisheit er übte Verkehrtheit!
Wie ihm vor der eignen Vergangenheit graut,
Daß falschen Göttern er Tempel gebaut,
Von leichtgesinnten Weibern verführt;
Mir wird nur, seufzt er, was mir gebührt! —
Denn was die Hohen und Höheren üben,
Das steht vor dem Höchsten eingeschrieben;
Ob hier, ob dort, die Stunde naht
Für jegliches Ding und für jegliche That. —
Jetzt seh ich den Frevel der Thorheit ein;
Herr! Gott im Himmel! kannst Du verzeihn?

---

13. Der Ring findet sich wieder.

Da reget sich über den König, den Armen,
Der himmlischen Gnade urewig Erbarmen.
Zum König von Ammon führet sein Pfad,
Wo er um Brod und um Arbeit bat.
Gefragt, was er zu schaffen vermöchte,
Erwiedert er demuthsvoll: ich dächte,
Daß ich zum Gefallen des Herrn am Meisten
In edler Kochkunst vermöchte zu leisten.

10*

Der König von Ammon war nämlich ein Lecker,
Von allen Fürsten der feinste Gutschmecker;
Der schmunzelt und denkt: das wäre nicht schlecht!
Und Salomo wird des Mundkochs Knecht.

Wie wunderbar doch aus menschlichen Dingen
Pflegt sich das heilige Band zu schlingen,
Woran die Vorsicht den Menschen leitet,
Die durch das Dunkel der Zeiten schreitet!
Wie konnte Salomo damals erwarten,
Als Asmodai ihn in Feld und Garten
Natur und Kräfte der Pflanzen gelehrt,
Wie sie in der Wissenschaft Dienst sich bewährt,
Daß Solches ihn führen werde zur Krone
Und Asmodai zum Verrätherlohne.
Jetzt sucht er und forschet nach würzigem Kräutlein,
Mit Säften und Kräften in Blättlein und Stäublein
Dann brühet er Brühen und Marmeladen —
Des Königs Zunge schnallzet voll Gnaden:
O Hochgeschmack, den nie ich empfunden,
Den Göttern Preis, daß ich den Mann gefunden!
Und Salomo kommet zu hohem Rufe;
Erfüllt ja mit Wonnen des Königs Seele,
Die Küche kommt unter seine Befehle.

Da bringt man einst für des Königs Tisch
Den herrlichsten, seltensten Meeresfisch.
Als Salomo nun gespalten das Thier,
Just war er allein im Küchenrevier,

Da sinkt er vor Gott anbetend hin
Und preiset den Herrn mit dankbarem Sinn,
Erhebet sich wieder mit frohem Gefühl,
Denn seine Leiden waren am Ziel.
Da lag ja sein Ring mit dem heiligen Namen,
Aus dessen Verlust die Verluste ihm kamen:
Der Weg zur Krone und fürstlichem Leben
War wieder ihm freudig zurückgegeben.

---

14. Die Heimkehr.

Zur heiligen Heimath nun fühlt er Verlangen,
Und mit den Schätzen, die er empfangen,
Da Königs Zunge er Wonne verliehn,
Gelinget es ihm vom Hofe zu fliehn.
Er kommt in die Hauptstadt, und in den Rath
Mit fürstlichen Schritten und Worten er trat:
„Ich bin der König, die Krone gebt mir!"
Sie lachten: „Narrenkronen gebühren Dir!" —
Jetzt suchet er Freund Benajahu auf,
Enthüllt ihm der Schmerzensgeschicke Lauf,
Da ruft der Getreue: „Ich stehe Dir bei,
Daß Davids Krone Dein Eigenthum sei;
Du aber o Weiser den Rath ersinne,
Wie Wahrheit den Sieg über Lüge gewinne."
Und Salomo sprach: „gar herrliche Gaben
Die Schedim vom Schöpfer empfangen haben;

Doch ihnen ward auch ein schimpfliches Zeichen,
Daß sie nicht den Kindern der Menschen gleichen.
Ihr Fuß ist von mißgebildeter Form.
Dran soll'n sie erkennen den Asmodai auch,
Den Kronenräuber, den schmachvollen Gauch!
Das wirst Du den Weisen des Rathes berichten
Und sie zu diesen zwei Dingen verpflichten.
Fürs Erste befragt im Palaste die Frauen,
Wie sie den König pflegen zu schauen.
Dann möge mir selbst die Gunst geschehen,
Den Frevler von Antlitz zu Antlitz zu sehen.
Ein Blick von mir, auf den Ring ein Blick —
Das stürzet ihn furchtbar in's Nichts zurück."
Und also geschah's. Es sagen die Frauen:
„Wir pflegen den Herrn nur im Mantel zu schauen,
Der sich mit dem Saum bis zum Boden erstreckt!"
Nun wurde dem Fremdling, um was er gebeten,
Im Herrscherpalast vor den Herrn zu treten.
Zehn Räthe geleiten ihn in das Haus,
Voll Ehrfurcht weichen die Wachen aus,
Denn groß war des Raths Ansehn und Gewicht,
Der selbst über Könige saß zu Gericht.
Und als Asmodai nun den König sah,
Entsetzen und Grauen kommen ihm nah.
Die vier Buchstaben zum Vorschein kamen,
Da stürzen ihn Angst und Furcht zur Erden,
Er krümmt sich am Boden mit Schreckensgeberden,
Rafft wieder sich auf, und eilet dahin,
Als wollt er, als könnt er vor sich entfliehn,

Und während er Wehe! Wehe! ruft,
Zerfließet er in ungreifbare Luft. —

---

15. Der Friedensfürst.

Doch Salomo regiert in Ehren,
Und herrliche Tage sein Reich verklären.
Nun ist der Jeditia der Liebling des Herrn,
Nun „Salomo" Fürst mit dem Friedensstern.
Will nicht mehr heißen der Schedim Meister,
Regieren will er der Menschen Geister,
Wie er auf der Weisheit und Tugend Bahn
Sie führe zum himmlischen Vater hinan.
Nun lauscht er nicht mehr den Lauten der Thiere;
Er sinnet, wie er die Menschen regiere,
Will sich auf die Sprache des Herzens verstehen
Und auf seines Volkes Wohlergehen.
Nicht trinkt er den Wein, der Berauschung übt;
Dem Armen er das Getränke gibt —
Der trinke vergessend was ihn kränke,
Daß seiner Mühsal er nimmer gedenke. —
Und auch Benajahu empfängt den Lohn,
Der Nächste steht er an Königs Thron,
Treu sorgend wie er durch alle Jahre
Den König auf Gottes Wegen bewahre. — —
Und als er dies Alles und Alles erwogen,
Hat Salomo diesen Schlußsatz gezogen:

„Nicht Alles ist eitel, was irdisch vergeht,
Doch ewig das Reich des Heiles besteht.
Drum liebe das Gute und übe die Pflicht.
Und Du wirst einst bestehn im Gericht.
So fürchte den Herrn und Gehorsam ihm zolle;
Denn das ist der Mensch, der ganze, der volle."

XXXVI.

Das Wunderschiff.

Ich kenne ein Schiff in weitem Meer,
Gewaltig und groß, erhaben und hehr;

Mag wallen ein Wand'rer Jahr ein, Jahr aus,
Er kommt nicht aus dem Schiffe heraus.

Viel Passagiere machen die Reis',
Wo Einer nichts von dem Andern weiß;

Der Schiffsraum birgt die Schätze der Welt,
Viel Gold und ungemünztes Geld.

Der Reisenden Mehrzahl sucht niedern Gewinn,
Doch manche hegen auch höheren Sinn,

Und schauen die Sterne vom Schiffe sich an,
Das selbst wie ein Sternlein ziehet die Bahn. —

Gar oft durchwühlet das Meer der Nord,
Das Schiff zieht ruhig und ruhig fort;
Es wallet so rasch und doch so stät,
Als ob es gezogen sei von Magnet. —

Ein Nordpolfahrer ist unser Schiff,
Das niemals stößt an Urweltsriff;
Doch Urweltswäldern entstammt sein Kiel,
Der Meilen hunderte misset er viel —

Und siehe, so viele der Kiel ist lang,
Ist tief des gewaltigen Schiffes Gang;
So schließt sich die Fluth wohl über sein Haupt,
Doch Niemand ertrinkt — wer hätt' es geglaubt? —

Ja, alle Mitreisenden trinken die Fluth,
Und fühlen wie Fische sich wohlgemuth!
Wie singen sie fröhlich, wie jauchzen sie rings
Und freu'n sich des Lebens, des herrlichen Dings.

Woher sie gekommen, da gehen sie hin,
Doch dünket die Heimkehr sie selten Gewinn;
Und wenn auch mit Plage, und wenn auch mit Müh',
Je länger je lieber blieben sie. —

So weit das große Verdeck sich erstreckt,
Ist jeden Mittag der Tisch gedeckt;
In allen Zonen was liefert die Welt,
Ist verschieden Verschiedenen aufgestellt. —

Da reist es sich nun gar prächtig mit,
Vorzüglich in der ersten Kajüt'! —

Die in dem Zwischendeck finden Rast,
Die werden betrachtet oft als Ballast;

Die Matrosen gar sind an Mühen reich,
Wie auf keinem anderen Schiffe gleich.

Auf steiget zum Maste goldlockig der Knab',
Mit greisen Haaren kommt er herab. —

Doch ist die Reise besonders schön,
Wenn man sie mitmacht als Kapitän;

Nur sind zu viel Kapitäne im Haus;
Die streiten gar oft, es ist ein Graus!

Doch störet auch dies nicht des Schiffes Lauf, —
Denn nur Ein Steuermann waltet darauf!

Er lenket und leitet es wunderbar,
Vollendend die Reise von Jahr zu Jahr;

Doch gibt er oft große Dinge an,
Die erst nach Jahrhunderten sind gethan. — —

Nun, kennst Du das Schiff? und kennst Du das Meer?
Wo eilet es hin, wo kommet es her? —

Das Letzte, gesteh' ich, weiß selber ich nicht;
Das Schiff doch zu kennen, ist Deine Pflicht! —

XXXVII.

Der beleidigte Freund.

Einst sprach das Gold zum Eisen:
„Sag’ an, was will das heißen?
Wann Dich die Hämmer schlagen,
Du schreiest, als sei’s nicht zu tragen,
Und sprühest Funken weit umher
Und zürn’st unbändig sehr?
Das, Freund, ist männlich nicht gethan,
Steht keinem ächten Bergsohn an! —
Ist’s doch der Gang der Welt!
Ob’s ja, ob’s nicht gefällt,
Es kommt über Jeden der Hammer;
Da hilft nicht Klag’ und nicht Jammer! —
Darum, trifft mich der Jammer schwer,
Ich tob’ nicht so gewaltig sehr;
Ich trag’s in stiller Ergebung. —
Was soll nun Dir die Klageerhebung?“

Darauf wehmüthig das Eisen:
„Du magst Dich noch glücklich preisen,
Aufseufzend unter Streichen:
Kommt’s ja nicht von Deines Gleichen. —
Mich aber trifft vom Bruder der Schlag —
Das ist’s, worüber ich schreien mag!“ —

XXXVIII

Das Glückshemd.

Es war einmal ein König, ein Muster seltner Güte,
Der fiel auf's Lager nieder, erkrankend im Gemüthe;
Ob er sein Volk beglückte genugsam jederzeit:
Wie quält ihn der Gedanke und schafft ihm schweres Leid!

Die Räthe standen rathlos, kein Arzt, der helfen konnte!
In eines Königs Seele zu fühlen mit der Sonde,
Ist ein gefährlich Wagstück. — Da kam ein greiser Mann,
Geheimer Künste Meister, vor trat er und begann:

„Erhab'ner, Dich zu heilen, Ein Mittel nur kann frommen!
Schick' aus in Deine Lande, ein **Glückshemd** zu bekommen;
Ein Hemd von einem Manne, den Jeder glücklich nennt,
Und der mit eig'nem Munde Fortunen sich bekennt."

„Von solchem Glückbegabten, wird Dich ein Hemd umkleiden,
Wird's magisch Dich durchdringen, schnell weichen Deine Leiden;
Denn wahren Glückes Nähe hat wundersame Macht,
Vor ihr entflieht das Unglück, wie vor dem Tag die Nacht." —

Da eilt man zum Minister: o Mann, so hochbeglücket,
Auf hoher Würden Stufe der niedern Sorg' entrücket!
Der Herr, der Dir die Strömung des Glückes zugelenkt,
Er will, daß er genese, ein Hemd von Dir geschenkt.

„Geht, Freunde, was ihr suchet, das trefft bei mir ihr nimmer;
Nicht Glück ist hier zu finden, nein, nur des Glückes Schimmer!
Auflauert mir die Bosheit, Verdruß schafft mir der Neid:
Ach, nie wird durch mein Hembe der König schmerzbefreit.“

Man ging zum Börsenmanne: Besitzer von Millionen,
Der Du Dir selber lebest, wohl Glück muß bei Dir wohnen!
Der Königen Du borgest und Kaisern gibst Credit,
Daß unser Herr genese, gib uns ein Hembe mit!

„Bei mir das Glück! nie kannte ich diese Himmelsgabe;
Mich freut nur was ich wünsche, nie freut mich, was ich habe;
Ich hab' vor Speculiren zum Glücklichsein nie Zeit:
Wohl nie wird durch mein Hembe der König schmerzbefreit.“

Man ging zum Hofpoeten: Du sorgenlose Seele,
Die täglich neue Lieder ausströmt aus reiner Kehle,
Dich als den Gottbegabten, Beglückten preisen wir;
Daß unser Herr genese, gib ihm ein Hemd von Dir!

„Ja, gäb's nur Einen Dichter, und der wär' ich zu nennen,
Dann wollt' ich mich mit Rechte Fortunen zubekennen;
Doch tausend gibt's und Jeder schafft um den Vorrang Streit:
Geht, nie wird durch mein Hembe der König schmerzbefreit.“

Man ging zum Feldmarschalle: Du, Sieger durch die Massen,
Du wirst in Deiner Nähe den Ruhmesdurst nicht hassen;
Auf reichen Lorbeern ruhst Du, Glück ruht in Deinem Haus:
Daß unser Herr genese, gib uns ein Hemd heraus!

„Wohl hab' in blut'gen Kämpfen ich manchen Sieg errungen,
Hab' groß' und kleine Feinde mit gleichem Glück bezwungen —

Mich hab' ich nicht besieget! Erinn'rung schafft mir Leid;
Nein! nie wird durch mein Hembe der König schmerzbefreit!"

Man ging zum Philosophen: O Mann von schönerm Ruhme,
Du feierst heil'ge Siege in Pallas Heiligthume;
Der Wahrheit edler Kämpfer, wohl glücklich mußt Du sein:
Daß unser Herr genese, sollst Du ein Hemb ihm leih'n!

„Ich — glücklich! da mich ewig ein böser Hausgeist quälet?
Es haben die Xantippen zum Haupt mein Weib erwählet;
Ach, mich den Wahnbesieger besiegt sie jederzeit;
O, nie wird durch mein Hembe der König schmerzbefreit." —

So fragte man vergebens durch hoh' und nied're Stände,
Der selbst sich glücklich priese, daß Einen man nur fände!
Den Einen quälet Seelen=, den Andern Leibesleid:
Der gute König schmachtet und wird nicht schmerzbefreit. —

Da ging ein Freund des Königs einst in der Morgenstunde
Mit schmerzbewegter Seele im grünen Wiesengrunde;
Laut schall'n der Vögel Lieder, mild strahlt der Sonne Licht,
Die Erde duftet lieblich — den Treuen rührt es nicht:

Horch! horch! — da sang ein Landmann: „frisch auf, frisch auf am
                                        Morgen,
Mir drückt das Herz kein Kummer, mich plagen keine Sorgen;
Mich quält kein Gold im Sacke, mich quält im Haus kein Weib,
Wie bin ich doch so glücklich; Gott gebe, daß ich's bleib'!"

Der Hörer sprang vor Freuden: „Ach, endlich doch gefunden!
Nun soll mein guter König, der herrliche, gesunden! —
Vom Glücklichen ein Hembe soll ihn vom Schmerz befrei'n:
Gib's her, Du theures Glückskind, und großer Lohn sei Dein!"

Da lachte laut der Andre: „Wohl, glücklich bin ich immer,
Doch was bei mir ihr suchet, bei Gott, das hab' ich nimmer;
Fühlt her, wie unterm Kittel mein Herz so munter schlägt:
Ich find's zum Glück nicht nöthig, daß man ein Hembe trägt."

Der König hört die Antwort und lachte so von Herzen,
Daß ihn auf einmal flohen die Leiden und die Schmerzen;
Und kam die Laune wieder zu bringen Herzeleid,
Schnell dacht' er an das Glückshemd, und ward vom Schmerz
befreit.

XXXIX.

Der pilgernde Zeuge.

„Nachmu, nachmu ammi.“
Jesai. 40, 1.

„Auf, tröstet, tröstet mein Volk!" — tönt's hehr
Aus heiligen Aethers lichtstrahlendem Meer.

*   *

Heiß brannte die Sonn', der Tag war schwül —
Am Kreuze dort, da sitzt es sich kühl. —

Platz nahm ich auf einen Augenblick;
Mein Geist fliegt zwei Jahrtausend zurück.

Und über mir hing der Leidensmann,
Den damals sie gethan in Bann;

Den sie getödtet ob seiner Lehr',
Daß er der „Sohn des Vaters" wär'! —

Da fiel mir ein anderer Leidensmann bei —
O Freunde, ihr wisset schon, wer es sei!

Bin ich ja selber von ihm ein Sohn —
Fühl' schmerzliche Dornen aus der Kron',

Die er in ganzer Fülle trägt,
Dem täglich man neu in's Haupt sie prägt! —

O Himmel, was ist einmaliger Tod
Genüber zweitausendjähriger Noth?

O Himmel, was Eine Dornenkron'
Genüber zweitausendjährigem Hohn!

O Himmel, was sind fünf Wundenmal'
Genüber den Wunden ohne Zahl,

Die täglich man meinem Märtyrer schlägt,
Die er am heiligen Leibe trägt? —

Ihr staunet? ihr fraget: was hat er gethan,
Daß so ihn verfolgt der Haß und Wahn? —

Horch! er verkündet die Lehre, so schön:
„Ein einziger Vater thront in den Höh'n;

Und alle, die wandeln im Erdenthal,
Ihr Antlitz leuchtet von Vaters Strahl;

Und alle die Guten aus aller Welt,
Eint einst der Vater im Himmelszelt.

Mich aber, den Erstling, sandte er aus,
Zu führen die Jüngern ins Vaterhaus;

Zu locken, zu rufen, zu mahnen die Welt,
Bis sich die Brüder dem Bruder gesellt;

Bis einst verbrüdert die Völkerschaar
Der Tag, der kommet, erhaben und klar,

Wo ruhen die Starken und Schwachen zusamm',
Der Leu bei dem Böcklein, der Wolf bei dem Lamm!" —

O herrliche Lehre, was kommet dir gleich! —
Wie machst du den Menschen, die Menschheit reich! —

Doch Der dich vor vier Jahrtausend gebracht,
Ist heut noch das Lamm in des Wolfes Macht;

Verfolgt von Hohn, Verkennung und Schmach,
Folgt er dem einzig Einigen nach,

Auf Einem Wege, nach Einer Schnur;
Ihn irret nicht rechts, nicht links die Spur.

Er hört vom Dreieinen das fremde Wort,
Da scheucht ihn der Laut, der trennende, fort;

Er schauet des Halbmonds zwielichtiges Spiel,
Und fliehet das Halbe — das Ganze sein Ziel! —

Und weil er zum Trennenden saget: nein!
Befeinden sie alle ihn im Verein;

Und weil er allerwärts ansicht den Wahn,
Ficht ihn der Wahnwitz allerwärts an;

Und weil er nicht sterben, nein! leben will,
Steht die Verfolgung nimmermehr still! — —

Doch: „tröstet, tröstet mein Volk!" — tönt's hehr
Aus heiligen Aethers lichtstrahlendem Meer;

11

„Bahnt, bahnet den Pfad in der Wüstenei;
Macht meinen Zeugen die Wege frei!

Das Hohe sink' nieder, das Nied're steig auf,
Daß meinem Pilger sich ebne der Lauf!" —

„Auf, Zeuge Gottes, pilgere zu,
In Deiner Unruh finden wir Ruh;

Durch Deine Wunde genesen wir einst,
Wann Du am Ziel als Sieger erscheinst.

Und die Dir fluchten, segnen Dich,
Und die sich entfernten, nähern sich;

Viel werden dann Deiner Kinder sein,
Und Gottes Sache durch Dich gedeihn!" — —

Und ich, ein Sprößling von Deinem Holz,
Ich fühle den heiligen Pilgerstolz;

Glüh' heißer, o Sonne! — Viel heißere Gluth
Durchzuckt mich tief mit Wandermuth.

So lange die Menschheit in Gott nicht eins,
Strahlt trübe die Leuchte des Sonnenscheins;

So lange die Menschheit verbrüdert nicht,
Darf ich nicht ruhen, ein Diener am Licht. —

Auf, auf! — Das Ziel liegt fern — ich weiß! —
Noch kostet's viel Müh! — Viel Blut und viel Schweiß

Wird rinnen noch am Pilger herab,
Bis hoch auf der Höh' er einpflanzt den Stab —

Der wird zum Baume — wie herrlich er blüht,
Beschattend die Völker, Ein Gemüth! —

Vom Halbmond, vom Kreuz, von der Synagog'
Seh' ich sie wallen, Wog' an Wog',

Und Herzen an Herzen, und Arm im Arm —
Vorüber der Schmerz, vergessen der Harm!

O Wonne, o Jubel, o heilige Lust! —
Die Kinder ruh'n an des Vaters Brust. —

* *

„Auf tröstet, tröstet mein Volk" — tönt's hehr
Aus heiligen Aethers lichtstrahlendem Meer. —

XXXX.

Der Gottesquell.

Natur und Menschheit kommt heran
Und stimmt das Lied der Freude an! —

* *
* *

So lang des Winters Arm die Welt
In Druck und Band' gefangen hält,
Träumt still von künft'ger Blüth' und Frucht
Die Erde unter seiner Wucht,
Weil jeder frische helle Trieb
Nicht sicher vor dem Zornhauch blieb.

11*

Womit hartherzig der Tyrann
Das Leben zwingt in seinen Bann.
Doch unterm Schnee, doch unterm Eis
Besprechen sich die Saaten leis';
Da halten sie zusammen warm,
Und Hoffnung stillt der Knechtschaft Harm;
Bald ziehen sie — verrathet's nicht! —
In ihr Geheimniß Gottes Licht,
Deß Macht von Tag zu Tage steigt,
Ob rings im Tod auch Alles schweigt. —

Bald kommt der Tag, da tönt das Licht,
Wie sich's an Memnons Säule*) bricht,
Da tönt das Licht und gibt das Zeichen,
Und rings umher löst sich das Schweigen;
Da sprengt das Leben seine Bande,
Da schaart sich Kraft zu Kraft im Lande,
Die Helfer kommen aus der Höh';
Des Winter's Söldner, Eis und Schnee,
Sie geh'n zu seinen Feinden über —
Die Sturmfluth mehrt sich, trüb und trüber —
Gießbäche stürzen nieder schäumend,
Den Winter aus den Thälern räumend. —

Du klarer Quell, der ewig rann,
Den auch kein Winter hemmen kann,
Bist du vom Sturm auch fortgeschreckt? —
Nein, nein! — vom Strom nur zugedeckt,

---

*) Die Memnonssäule in Aegypten tönte, nach einer alten
Sage, wenn sie morgens vom ersten Sonnenstrahle berührt wurde. —

Deß allanwachſend Element
Nicht Mäßigung, nicht Grenzen kennt,
Bis es mit mächt'ger Gotteskraft
Den Dränger aus dem Land geſchafft. — —

So hat einſt Gott zur Frühlingszeit
Sein ſchwergedrücktes Volk befreit;
Dann führt' er es zum Sinai=Quell,
Der quillet ewig klar und hell. —
Wenn Sturmfluth nun die Menſchheit ſchreckt,
Den reinen Sinai=Quell verdeckt.
O zittert nicht, o zaget nicht! —
Einſt allwärts ſiegen wird das Licht;
Und wieder tritt dann, klar und hell,
Hervor der ew'ge Sinai=Quell;
Vom Aufgang bis zum Niedergang
Tönt dann des Rufes froher Klang:
„Natur und Menſchheit kommt heran
Und ſtimmt das Lied der Freiheit an!" —

XXXXI.

Der Wein.

Ein Lebensbild.

Motto: „Der Halme Fülle und der Reben Thräne
Versäume nicht zu spenden!" —
(2. B. M. 22, 29.)

1.

Mit Weinen im Lenze der Wein erscheint;
Drum sagt vom Auge, das thränet: „es weint!"

Der Wein ist die Thräne der dankenden Flur,
Die Thrän' ist der Wein der Menschennatur. —

Mit Thränen erscheinet der Mensch auf der Welt;
Die Thräne bleibt ewig ihm treu gesellt.

In ihr, wie im Weine löst sich der Schmerz;
Sie Beide sind Balsam für's kranke Herz.

Drum fühle stets dankend, o Menschenbrust,
In der Freude den Schmerz, im Schmerze die Lust! —

2.

Wenn heißer die Frühlingssonne erglüht,
Wie süße duftend der Wein dann blüht!

Und, siehe! die Blüth' ist verwandt dem Blut,
Das in der Jugend flammet mit Gluth.

Drum denk' in des Lebens Blüthezeit
Des künftigen Weines, dem Höchsten geweiht!

Und blühe, o Jugend, gleich edlem Wein,
So zart und bescheiden, so süße und fein!

Die Blüthentage wenn schlimm vergeh'n,
Dann wird der Wein zur bitteren Thrän' —

Wenn schön die Blüthe vor sich geht,
Ist Hoffnung, daß trefflicher Wein entsteht. —

3.

Die Sonne des Sommers brennt nieder mit Kraft,
Da reift in der Hülle der göttliche Saft!

Da wird die Thräne zu sauerem Schweiß,
Doch reichlich bezahlet der Wein den Fleiß.

Kein' andere Frucht schafft Mühe so sehr,
Doch keine belohnet die Mühen auch mehr.

Der Arbeit Sorgen, der Arbeit Gedeih'n
Schafft einen edlen, köstlichen Wein,

Gibt Gott von Oben den Segen dazu. —
Mein Töchterchen lieb, dies merk auch Du!

Es reifet bei Schicksals heißem Strahl
Der edle Mensch im Erdenthal;

Und keine Frucht schafft Mühen mehr,
Doch keine lohnet die Mühe so sehr.

„O daß sich Deiner der Vater stets freu',
Und die Dich geboren, stets fröhlich sei!" —

4.

Dann kommt die milde, herbstliche Zeit,
Da steht zum Sammeln der Wein bereit;

Da wird er gekeltert und gepreßt;
Der Winzer jauchzet beim Erntefest.

Da fließt aus der Traube die süße Thrän',
Als Freudenzähre ist sie zu seh'n! —

So bringt auch das Leben Dir reifen Gewinn,
Auf Edles und Gutes wenn stehet Dein Sinn;

Oft ist von Freude Dein Herz gepreßt,
Siehst Du die Lieben beim Lebensfest;

In Freudenthränen löst sich der Druck —
O süße Thräne, du Unschuldsschmuck!

Brauchst Süßigkeit hinzu nicht zu thun;
In dir wird der Stoff zur Freude ruh'n! —

5.

Und hat der Wein dann ausgegährt,
Wie herrlich sich die Thräne verklärt!

Zur geistigen Reinheit erhob sich der Most;
Das wärmet die Glieder, das bannet den Frost! —

O himmlische Rückerinnerung
Im Alter, — warst du in Unschuld jung!

Die Seele so abgeklärt, so rein!
O himmlischer, heiliger Lebenswein;

Der auf den Altar als Opfer fließt,
Wann Thränen des Dankes der Greis vergießt! —

Drum halte das Herz Dir rein und fromm,
Daß seine Wärm' Dir im Winter bekomm',
Wenn sich, wie abgezogener Geist,
Die Sonne Deines Lebens erweist.

6.

Der Weinstock wird in die Erde gelegt
Und für den kommenden Frühling gehegt —
Die Hoffnung des Edlen geht über das Grab —
Dort trocknet uns Gott die Thränen ab. —

XXXXII.

Neïla.

Die Gemeinde hat gefastet
Und den sünd'gen Leib kasteit;
Einen ganzen Tag gerastet
Hat die Feindschaft und der Neid.
Seelenstarken, Leibesmatten
Winkt der Abend Frieden zu,
Wenn der Bäume Riesenschatten
Betten eine Welt in Ruh. —

Und die Seele, angefeuert,
Fühlet neu die Gottesgluth,

Und der Leib auch, wie erneuert
Fühlet er die Lebensfluth! —
Wie des Abends frische Kühle
Neu des Wand'rers Muth anfacht,
Jauchzen wir im Hochgefühle,
Daß ein großes Werk vollbracht! —

Da ertönen inn'ge Worte;
Einig rufet die Gemein':
„Oeffne, Vater, uns die Pforte;
Deine Kinder, laß sie ein!" —
Und „El-melech joschef" tönet
Laut zum Gnadenthron empor —
Und: „der Höchste ist versöhnet!"
Tönt's herab im Engelchor.

Nochmals tritt das Schuldbekenntniß
Aus der gottentflammten Brust;
Im zerknirschenden Geständniß
Werden wir uns Dein bewußt,
Der verjüngt das Menschenwesen,
Der Vergebung uns ertheilt,
Gott, in dem wir neu genesen,
Der die wunde Seele heilt.

„Auf Verdienste nicht zu pochen,
Herr, befinden wir uns hier!" —
Unser Starrsinn ist gebrochen,
Und voll Demuth harren wir.
Dir nur sind wir unterthänig;
Seel' und Herz und Leib sind Dein —

„Unser Vater, unser König,
Dir nur huld'gen wir allein!"

„Auf, und feiert Gottes Namen
In der Welt, die er erschuf!" —
Israel streu Deinen Samen,
Er ersteht auf Gottes Ruf. —
„Der die Sphären führt in Frieden
All' herauf am Himmelszelt,"
Einheit stiftet Gott hienieden,
Und Versöhnung heilt die Welt.

Und drei Sterne leuchten nieder
Zu des großen Tages Schluß —
Tönet, Psalmen, rauschet, Lieder,
Bringt den Sternen unsern Gruß! —
„Wahrheit, Recht und Frieden" heißen
Die drei Sterne — o vertraut,
Daß die Menschheit sie wird preisen,
Die in Gott vereint sich schaut! —

Oeffne dich, o heil'ge Lade,
Denn der Tag, er sank hinab;
Gott des Heiles und der Gnade,
Schau' allmild auf uns herab,
Wenn das Wort, das uns verbindet,
Wenn den Ruf, der Dich nur preist,
Jauchzend unsre Schaar verkündet,
Eines Sinn's aus Einem Geist! —

„Sch'ma Jisrael," laut erschallet;
„Einig — Einzig, Gott, bist Du!" —

O Begeistrungssturm — wie wallet
Jede Seel' dem Höchsten zu! —
Welch ein Schluchzen wird vernommen! —
Wie der Jubelstrom anschwellt! —
Wir sind froh an's Ziel gekommen —
Sag's, Posaune, aller Welt! —

Ziehe hin, Tag der Versöhnung!
Habe Dank für all dein Heil! —
Juble, Seele; heil'ge Krönung
Ward Dir heut von Gott zu Theil! —
Wenn der letzte Tag' erscheinet,
Mög' so licht und klar er sein,
Wie sich Erd' und Himmel einet
Heut' im Rufe: „ihr seid rein!" —

XXXXIII.

Des Frommen Urbild.

Hiob, Cap. 31.

Des Frommen Urbild will ich zeigen,
Auf meinen Zuruf soll er steigen
Aus alter Zeiten tiefem Grund,
Er, dem bezeuget Gottes Mund,

„Daß seines Gleichen auf der Erde
Durchaus nicht mehr gefunden werde!".....
Vertrag hab ich geschlossen mit den Augen,
Wie sollte je verbot'ne Lust mir taugen?
Was wär' auch sonst der Gottestheil von oben,
Der Allmacht Erbe aus den Höhen droben?
Fürwahr ein Unheil nur den Uebelthätern
Und ein entfremdet Gut Gesetzverräthern!
Ich kann ja Ihm nicht meinen Pfad verhehlen,
All meine Schritte wird sein Auge zählen.
Hat bei der Lüge gern mein Schritt verweilt,
Ist zum Betruge je mein Fuß geeilt —
Man lege mich auf die gerechte Wage,
Und meine Frommheit komm vor Gott zu Tage.
Ist ab vom rechten Pfad mein Tritt gegangen,
Das Herz gewandelt nach des Aug's Verlangen,
Daß irgend was an meiner Hand blieb hangen?
Dann wollt' ich säen und ein Andrer ärndte,
Der mit der Wurzel meine Bäum' entfernte.
... Hab ich gering geachtet je das Recht,
Im Streit mit meiner Magd, mit meinem Knecht,
Was soll' ich thun, wann Gott sich wird erheben?
Hielt er mir's vor, was sollt ich Antwort geben?
Der mich erschuf, ist auch, der ihn erschuf,
Er stellt am Ursprung uns auf gleiche Stuf'. —
Entzog ich dem Bedürfniß mich des Armen,
Ließ Wittwen ich verschmachten ohn' Erbarmen?
Hab ich genossen je mein Brod allein?
Mußt' nicht ein Waisenkind am Tische sein?

Denn Gott war Vater mir von Jugend an,
Drum schon als Kind hab gern ich wohlgethan. —
Sah ohne Kleid ich den, der heimathlos,
Sah ich den Dürst'gen von Gewande blos,
Daß nicht mich segneten die nackten Glieder,
Von meiner Schafe Schur erwärmet wieder?
Erhob ich wider Waisen meine Hand,
Ob man im Rath auch mir zur Seite stand —
Dann fall aus dem Gelenk mein Schulterknochen
Und werde aus der Röhr' mein Arm gebrochen!
Denn schauervoll ist mir des Herrn Gericht,
Vor seiner Hoheit konnt ich Solches nicht.
Hab ich das Gold gemacht zu meinem Hort,
Sprach ich: Metall, du bist mein Zufluchtsort,
Hat mich mein großer Reichthum je entzückt,
Daß es so herrlich meiner Hand geglückt;
Sah ich die Sonn' in strahlender Gestalt,
Das Mondenlicht, wie es so köstlich wallt,
Daß es im Stillen mir das Herz gewendet
Und ich ihm eine Kußhand zugesendet,
So wär' schon dies strafwürdiges Vergehn,
Denn Gott hätt' ich geleugnet in den Höhn!
Hat mich erfreuet meines Feindes Straf,
Mich's froh erregt, wann ihn ein Unglück traf?
Nicht hab' dem Mund die Sünd' ich nachgegeben,
Daß nur verwünschend er begehr sein Leben.
Sprach nicht in meinem Zelt der Leute Zahl:
Wer käm', der satt nicht wird von seinem Mahl?
Kein Fremdling blieb ja draußen über Nacht,

Dem Wandrer hab' die Thür ich aufgemacht.
Hab' ich, wie Menschen pflegen, schuldbewußt
Versteckt den Fehler heimlich in der Brust?
Daß vor dem großen Haufen ich verzagte,
Der Sippschaft Schmähung mich in Schrecken jagte,
Ich schwieg und mich hinaus nicht wagte —
Käm' nur der Mann, das Ohr geneigt zu mir,
Hier meine Schrift — der Herr geb' Zeugniß ihr.
Das Buch verfaßt von meinem Gegner hier,
Auf meine Schultern wollt' den Mann ich nehmen,
Als Hauptschmuck trüg ich ihn gleich Diademen,
Ihm wollt' ich meiner Schritte Zahl bekennen,
Demüthig nahend meinen Herrn ihn nennen!
Hat wider mich geklagt mein Ackerfeld,
Der Furchen Zahl zum Weinen sich gesellt,
Daß unbezahlt ich speiste den Ertrag,
Indeß sein wahrer Herr verschmachtend lag;
Dann statt des Weizen mögen Dornen sprießen
Und an der Gerste Brand statt Korn aufschießen.
Hiermit will Hiob seine Rede schließen.

———❖———

XXXXIV.

Jugendträume.

„Lieb Mutter, wie herrlich die Blumen blühn,
Bald mild erglänzend, bald feurig glühn!"
Bald duftvoll, bald duftberaubt;
Woher doch stammet das bunte Kleid
In mannigfaltigster Herrlichkeit,
Das schmückt ihr blühend Haupt?"

„Das will ich Dir sagen: In Wintersnacht
Da sind die Blumen in Herzens Schacht
Von mancherlei Träumen erglüht!
Tief prägen die Träume zu Farben sich ein,
So blühen sie dann in die Welt hinein.
Das Licht verräth ihr Gemüth.

Es träumet die Tulpe gar stolzen Traum,
Sie sei die Fürstin im Gartenraum,
Hochmuth den Busen schwellt,
Und wie sie erwacht, in Sammt und Seid',
Siehst wohl Du die stolze Herrlichkeit,
Doch ist ihr kein Duft gesellt.

Es träumet die Ros' von Thränen und Leid
Und wie sie ein edler Jüngling befreit,

Der herrschet rings im Thal.
Und wie sie erwacht, welch duftiges Bild,
Der Thau ihr Schmuck, der Dorn ihr Schild.
Gekrönt hat sie der Strahl.

Es träumet das Veilchen vom stillen Glück,
Das zieht sich vom Lärmen der Welt zurück,
Genießend der Liebe Lohn.
Und wie es erwacht, wahr ist der Traum,
Man sucht es, das füllet mit Düften den Raum,
Und weiß selbst nichts davon.

Vom Himmel träumt das Vergißmeinnicht,
Es sei ein Stern von Gottes Licht
In's Herzlein ihm gefallen;
Und wie es erwacht — selbst ist's ein Stern.
Drum hab' ich das holde Blümlein so gern,
Das himmlische, lieblich vor allen.

So sind die Blumen in Wintersnacht
All im verschlossenen Knospenschacht
Von stillen Gedanken erfüllt;
Doch wie sie sich öffnen, da zeigt es sich bald,
Was sie geträumet mannigfalt,
Die Sonn ihr Herz enthüllt.

Ja, ja, mein Kind, es kommt an den Tag,
Was still Dein Herz auch sinnen mag,

12

Drin prägt sich's in Farben aus!
Drum niemals, Kind! Dein Herz versäumt,
Was jetzt die Seelenknospe träumt,
Blüht einst in die Welt hinaus.

---***---

XXXXV.

Sachor oder denk' daran!

Wer ist der Mann, an Jahren Greis,
Mit langem Barte, silberweiß?
Er wankt durch's Dorf auf glatten Pfaden,
Gott möge seinen Schritt berathen.
Der Rabbi*) ist's, der fromme Hirt,
Der nächstens neunzig Jahre wird,
Nie überschreitet er die Schwelle,
Doch heute ließ er seine Zelle,
Denn in der Thora lieset man:
„Denk', was Amalek Dir gethan!"
Dies hören ziemt dem wack'ren Frommen,
Den Glaubenspflichten nachzukommen.
　　Er schwankt allein zur Schul' hinab,
Ihm starb sein Weib, ihm fehlt der Stab,
Abschüssig wird der Weg; dem Zagen

---

*) Vater des Dichters, Rabbiner zu Adelsdorf in Bayern.

Wird bald der Fuß den Dienst versagen!
Gott schirm' Dich, Vater, und sein Rath
Bewahr' Dich auf unsichrem Pfad!
Sieh hin! Da kommt ein Mütterlein,
Auch sie mag nah' an siebzig sein.
Den Rosenkranz in ihren Händen,
Will sie zur Kirche hin sich wenden.
Sie sieht den wohlbekannten Greis,
Der, wie ein Kind, zu geh'n nicht weiß,
Ihr Nachbar ist's seit vierzig Jahren,
Wie Gold so treu in all'n Gefahren,
Denkt auch der guten Nachbarin,
Die jüngst der Tod genommen hin.
Da fühlet sie ein weiches Rühren;
Sie will den Greis zur Schule führen,
Sie nimmt ihn sachte bei der Hand,
Führt ihn auf glatter Pfade Rand,
Und wer so Hand in Hand die Beiden
Durch's Dörfchen sah von dannen schreiten,
Dem ward's im Herzen weich und mild,
Er sah der Duldung heilig Bild.
So schritten hin die guten Alten,
Bis an der Schule still sie halten.
„Mein Nachbar," ruft sie, „bis hierher,
„Nun braucht Ihr meines Arms nicht mehr.
„Erhebet hier zu Gott die Hände,
„Indeß zur Kirch den Schritt ich wende."
Der Rabbi tritt in's Gotteshaus,
Zwei Thorarollen hebt man aus;

12*

Zur zweiten läßt der Greis sich rufen,
Doch wie er naht den heiligen Stufen,
Da mahnt sein Herz: o denk daran,
Was Dir das Christenweib gethan!
Und mit geheiligt milderm Wesen
Hört' er das Wort der Thora lesen.
April 1845.

XXXXVI.

Der Urfels.

Wie ragt so gewaltig, so hoch und hehr,
Der Urfels durch das Nebelmeer! —
Die Dünste, sie wogen wie wankender Sinn —
Doch Er steht fest wie von Urbeginn! —
    Das ist die Lehre vom einzigen Gott! —
    Sie steht, den Philosophemen zum Spott;
    Sie nebeln und webeln hinauf und hinab,
    Und ihre Wiege wird ihnen zum Grab! —
Es reichet der Urfels so klar und rein
In's Hochgebiet des Aethers hinein.
Erheb' Dich zu ihm — wie leicht wird die Brust!
Du bist Dir der Nähe des Himmels bewußt. —
    Das kündet die Lehre vom einzigen Gott! —
    Leibeigen sind wir dem Wurm und der Mott',

Doch frei ist der Geist, der ewig lebt;
Er fühlt's schon hienieden, wenn er sich erhebt. —
Und von dem Urfels strömen zu Thal
Die Bächlein ohne Maß und Zahl;
Längst wäre verschmachtet der flache Grund,
Erquickt ihn nicht ewig der Felsenmund. —

   Das schafft die Lehre vom einzigen Gott! —
   Mag sinnlos wüthen die Korah=Rott',
   Sie, ungestört, läßt Segen erquill'n,
   Mit Blumen und Früchten die Welt zu erfüll'n. —

Und rings um das Urgebirg lagern sie hin
Die Stämme der Menschen, mit mancherlei Sinn;
O steig' bis zur Höhe, da siehst Du vereint
All' was im Tiefland getrennt erscheint. —

   Das wirkt die Lehre vom einzigen Gott! —
   Gottähnlich stempelt sie Hottentott
   Und Neger und Buschmann und Mohikan —
   Die Menschheit ist Eine — die Götter sind Wahn! —

Urfels stößt manchmal ein Außenwerk ab,
Das stürzt in den ruhigen Strom hinab;
Entsetzt ist das Thal — auf wallet die Fluth —
Doch Er, der starke, ist sicher und ruht. —

   Das ist die Lehre vom einzigen Gott! —
   Die Menschen wollen gewohnten Trott;
   Da reißt sich ein altes Mauerwerk los —
   Die Menschenfluth schäumt — der Aufruhr ist groß! —

Doch unerschütterlich steht der Fels;
Lehn' dich an ihn, Haus Israels,

Und weide Deine Heerde still,
So lang es der Meister des Berges will! —
   Fest steht die Lehre vom einzigen Gott,
   Beut jedem Umsturz Trutz und Spott,
   Bis einst die Völker auf ihren Höh'n
   Das Fest der Einheit und Freiheit begehn.

XXXXVII.

Warum verschläfst Du das Morgenroth?

Ein Neujahrs-Mahnruf an die Jugend.

Ein Fürst, der zwei Residenzen bewohnte,
Und fleißige Bürger gerne belohnte,
Sprach einst, den Eifer der Städte zu prüfen,
Ob lieber sie wachten oder verschliefen:
„Es wähle Jede einen Läufer aus,
Der eile mit dem Hahnschrei vom Haus;
So weit er lief, gehör' das Land
Der Stadt, die früh ihn ausgesandt,
Und wo begegnen sich die beiden,
Dort sei die Gränz' in alle Zeiten!" —

Sprach's und der Tag ward festgesetzt,
Die beiden Hähne abgeschätzt,

Der König selbst, aus seinem Luftreviere,
Gab her die weckenden, geweckten Thiere,
Damit also nach jeder Seit'
Er wahre die Unparteilichkeit. —

Da sprach der Rath
Der Einen Stadt:
„Die Gab des Königs muß man ehren,
Den wackern Vogel reichlich nähren,
Damit er auch mit kräft'gem Schlag
Zur rechten Zeit die Stund' ansag'!" —
Der andre Rath von klügerm Sinn,
Sprach: „Nüchternheit bringt stets Gewinn!
Zum Wecken und zum Wachsamsein
That uns der Herr den Hahn verleih'n;
Wenn Nahrung wir ihm mäßig geben,
Wird er wohl früh die Stimm' erheben!" —

Und so geschah's! —
Der Eine Hahn, der mächtig fraß,
Schlief, wie die trägen
Gefräßigen Leute pflegen,
Hinein in den Morgen weit
Und auch der Läufer verschlief die Zeit. —
Wie nun zu spät
Der Hahn gekräht,
Da fuhr er auf,
Eilt fort im Lauf,

Durchschneidet den Raum,
Und athmet kaum —
Umsonst! — Der Andere, vom mäßigen Hahn
Frühzeitig aufgeweckt, trat, angethan
Mit Morgenfreudigkeit, die Reise an,
Und hatte frisch, mit mäßigem Schritte,
Längst hinter sich des Weges Mitte,
Als ihm der Säumer entgegen kam.

Als dieser ihn sah — voll Scham
Rief er: „Du hier? —
Weh! Wehe mir,
Daß ich versäumt
Das Morgenlicht,
Daß ich verträumt
Die heil'ge Pflicht!" —

Der Andre sieht die Thränen quellen
Und spricht mitleidig zum Gesellen:
„So weit Dein Rücken mich zurücke trägt,
Sei Dein der Raum, den ich zurückgelegt!"
Da hebt er ihn auf,
Eilt fort im Lauf,
Durchschneidet den Raum
Und athmet kaum —
Umsonst! — Die Füße versagen,
Nicht länger kann er's ertragen —
Er sinkt zusammen — und ist todt —
Ach, warum verschlief er das Morgenroth? —

O Jüngling, lenk' den Blick in Deinen Geist,
Wohin das Gleichniß mit dem Finger weist! —

Der Herr ist G o t t , der unparteiisch lohnt,
In Dir so gern wie in dem Nächsten wohnt.
Er, „der dem Hahn die Einsicht beigebracht,
Zu unterscheiden zwischen Tag und Nacht,"
Er gab auch Dir den regen Geist,
Der Dich der trägen Ruh entreißt.
Hältst Du den Sinn in Mäßigkeit,
Dann weckt er Dich zur Morgenzeit,
Und weite Strecken wirst zurück Du legen,
Indeß die Anderen kein Glied noch regen,
Auf ihrem weichen Lotterbette
Verlieren träg die Lebenswette. —

Sei klüger, Sohn, denn sie! —
Und wähne nie,
Dies bring' im Leben Dir Gewinn,
Wenn Dir Genuß abstumpft den Sinn! —
Zu spät, zu spät, ach, wachst Du auf,
Beginnend ernstlich Deinen Lauf;
Umsonst, umsonst, ach, eilst Du fort —
Der Andre früher ist am Ort;
Mit Morgenfrische angethan,
Gewann er die bestimmte Bahn. —

Du aber, vom Mitleid lebest Du,
Rennst, angstbeklommen, immer zu;

12**

Mußt unter vielem Bangen und Zagen
Die Menschen und ihre Bürden tragen;
Und ohne Rast,
In athemloser Hast,
Fühlst Du, zum Erdrücken,
Die Last auf dem Rücken,
Fühlst Du, voll Schmerzen,
Die Last auf dem Herzen,
Bis Du zusammensinkst im Tod —
Ach, warum verschliefst Du das Morgenroth?

———— ❧ ————

XXXXVIII.

Dem Elternhause.

(Eine Elegie, beim Tode meines Vaters.)

Aus der Seele steigt empor die Thränenwelle,
Bis mein Auge sie, das schwarzumflorte, schwelle;
Schmerzvoll ist mein Herz, und meine Seel' voll Gram,
Denn ein Trauerruf mir aus der Ferne kam:
        Auch Dein Vater lebt nicht mehr,
        Ach, mein Elternhaus ist leer! —

Leer! — Du heil'ge Quell,' die, wann ich wiederkehrte,
Mir die reinste Lust, des Heil's so viel gewährte! —
Gottes war das Haus, drin wohnte Frömmigkeit,
Liebe wohnte drin, durch Furcht des Herrn geweiht:

Ach, dies alles ist nicht mehr,
Und mein Elternhaus ist leer!

Leer! — O Stübchen traut, du Zeuge meiner Träume,
Mit dem Blick' in's Thal, in ferne, blaue Räume;
Flüßchen strömt dahin, bekränzt von Wald und Flur;
Stübchen, nimmer grüß' aus dir ich die Natur:
    Ach, was soll die Wiederkehr?
    Ist mein Elternhaus ja leer!

Leer! — Lieb Mütterlein ist längst von uns geschieden,
Dort am Berglein grünt ihr Grab in Frieden!
Und dem Vater auch gefiel nicht mehr die Welt;
Ach, sie war so arm, so liebeleer bestellt:
    Ihr nach zog er über's Meer,
    Und das Elternhaus ist leer.

Freitagabends saß er an der Mutter Seite;
Froh sang er sein Lied, wie glücklich waren beide!
Kinder sangen froh; es schlang der Liebe Band
Sich von Herz zu Herzen und von Hand zu Hand:
    Diese Freuden blüh'n nicht mehr,
    Und mein Elternhaus ist leer!

Leer! — Mir sind dahin die Treuesten der Erde;
Wein' um sie, mein Aug', bis ich beweinet werde;
Tief, wie jener Quell der Lieb' in Elternbrust,
Bleib' ich stets um sie des Schmerzes mir bewußt:
    Einmal leben sie — nicht mehr –
    Und das Elternhaus bleibt leer! —

————✳————